Michel et Monsieur X

W0279848

Georges Bayard

Michel et Monsieur X

Illustrations de Philippe Daure

Hachette

DU MÊME AUTEUR

Série : Michel

1. Michel mène l'enquête
2. Michel et la falaise mystérieuse
3. L'école des détectives
4. Les étranges vacances de Michel
5. Michel fait mouche
6. Michel au val d'enfer
7. Michel et les routiers
8. Michel poursuit des ombres
9. Michel et le brocanteur
10. Michel et Monsieur X
11. Michel fait du cinéma
12. Michel au refuge interdit
13. Michel et la soucoupe flottante
14. Michel maître à bord
15. Michel en plongée
16. Michel chez les gardians
17. Michel à Rome
18. Michel et le complot
19. Michel mousquetaire
20. Michel et le trésor perdu
21. Michel et la voiture fantôme
22. Michel fait du vol à voile
23. Michel dans l'avalanche
24. Michel fait un rallye
25. Michel et les castors du Rhône
26. Michel connaît la musique
27. Michel et les deux larrons
28. Michel et le rapport secret
29. Michel entre deux feux
30. Michel et la super-maquette
31. Michel et les maléfices
32. Michel à la fontaine du diable
33. Michel et la preuve par sept
34. Michel et les faussaires
35. Michel chez les trotteurs
36. Michel et le vase de Soissons
37. Michel fait de la planche à voile
38. Michel aux Antilles
39. Michel et les casseurs
40. Michel fait surface

Série : Cécile

1. Cécile et la panthère noire
2. Cécile et la villa du prince
3. Cécile et le taxi des neiges
4. Cécile et les bas-rouges
5. Cécile et la tapisserie volée
6. Cécile et les rockers
7. Cécile prend le mors aux dents
8. Un casse-tête pour Cécile
9. Cécile et la boîte à musique

© *Hachette, 1962, 1990.*
Tous droits de traduction, de reproduction
et d'dadaptation réservés pour tous pays.

Hachette, 79, boulevard Saint-Germain, 75006 Paris.

1

« Dis, Daniel, tu as la lampe électrique ?
— Quoi ? La lampe ? C'est toi qui...
— C'est moi qui, c'est moi qui... ! j'ai déjà mon appareil et mon flash, ma boîte d'ampoules, tu voulais peut-être aussi que j'emporte un sandwich et deux sodas, non ?
— Pas mauvaise, comme idée, les sodas ! Avec un peu de glace. Il fait une chaleur ! »

Les deux garçons qui discutaient ainsi, à dix heures du soir, au mois d'août, venaient d'arriver devant une sombre bâtisse, difficile à distinguer sur le fond des arbres de la forêt proche. L'obscurité les obligeait à n'avancer que prudemment.

« Oh ! ça y est... je sens du lierre sous mes doigts ! Attends, Michel, je vais trouver la porte.
— Je suis bien avancé ! bougonna le porteur de l'appareil photographique. Comment veux-tu que

je règle mon diaphragme et ma vitesse, dans le noir?

— Ecoute, Michel, si tu crois qu'en ronchonnant tu feras se lever la lune, continue tout seul, mon vieux! Moi, je retourne à la maison!»

Michel se tut. Son cousin Daniel tâtonna encore un moment, puis poussa une exclamation étouffée :

«J'y suis!

— Ciel, Lagardère! plaisanta Michel, en rappelant le célèbre cri de guerre du héros des romans de cape et d'épée.

— Ça te va bien! bougonna Daniel, à son tour. Il doit y avoir un clou qui dépasse de la poignée de la porte. Je saigne comme un bœuf!

— Pauvre vieux, va! Crois-tu que tu pourras tenir quelques minutes, le temps que je téléphone à Police-Secours?»

Sans répondre, Daniel ouvrit la porte d'un pavillon de chasse, bâti sur une butte herbue et situé en lisière de la forêt de Compiègne. Du moins Michel, resté en arrière, entendit-il le raclement caractéristique du bois et la vibration des vitres démastiquées.

Tout à coup, une sorte de galopade précéda quelques exclamations rageuses. Daniel annonça :

«Attention, Michel, il y a au moins trois marches à descendre!»

L'interpellé s'approcha, prudemment, avant de demander :

«Où es-tu?

— Dignement assis sur du carrelage. J'ai pris la première marche pour tremplin. Un saut réussi! Je le retiens, ton Richard! Je me réserve de lui dire deux mots demain sur sa merveilleuse idée. Il aurait pu nous faire un croquis des lieux!

— Pourquoi pas un parcours fléché? Tu exagères, Daniel. Ce n'est pas parce que tu es maladroit que... »

Michel n'acheva pas. Tenant son appareil photographique d'une main, il avait tâtonné pour trouver une rampe et cherché du pied les marches annoncées par Daniel. Sans doute avait-il pris le limon[1] de l'escalier de bois pour une marche ; il venait de s'affaler à son tour, d'autant plus lourdement que, par réflexe, au lieu de se protéger en tendant les mains, il avait surtout essayé de préserver son appareil d'un choc.

« La critique est aisée, mais l'art est difficile, murmura Daniel d'un ton sentencieux. Tu disais donc que j'étais maladroit ?

— Tu peux te moquer ! J'ai au moins une demi-douzaine de bleus, autant d'éraflures, et certainement deux ou trois échardes de bois dans les genoux. »

Daniel gloussa de joie.

« Crois-tu que tu pourras tenir jusqu'à l'arrivée de l'ambulance ? » demanda-t-il, en répétant presque mot pour mot la plaisanterie faite à ses dépens par son cousin, un instant plus tôt.

« Bon, quinze A, reconnut Michel. Nous sommes à égalité, bûche à bûche ! Mais où es-tu ?

— Je te l'ai dit ! Altitude zéro, quelque part sur un carrelage historique. Tes genoux devraient se sentir honorés, mon vieux. Des échardes datant de la reine Hortense ! Ce sont des pièces de musée ! »

Michel grommela quelques mots indistincts, dont le sens fut perdu pour son cousin. Celui-ci reprit :

« Moi qui collectionne déjà les timbres, je sens

1. Limon : Pièce de bois taillée en biais, qui supporte les marches d'un escalier.

que je vais commencer une vitrine d'objets historiques! Je rédigerai une étiquette : "Echardes retirées du genou de M. Michel Thérais, et provenant d'un escalier foulé par la reine Hortense..."

— La *comtesse!* Pas la reine! La reine Hortense, c'est autre chose.

— ... par la comtesse Hortense de Malivert! rectifia docilement Daniel. "Accident survenu alors que l'intéressé se rendait, en vol plané, à la chasse aux biches." Ça fait bien, la chasse aux biches... je dirais même que ça fait riche!

— Tu ferais mieux d'essayer de t'orienter. Tu n'as même pas une allumette? demanda Michel.

— Attends, patiente un peu! Je suis en train de ramper sur le carrelage, c'est froid. Agréable sensation par une soirée comme celle-ci! Pas de veine, mon vieux! Il n'y avait d'échardes que sur les marches de l'escalier!»

Michel, à son tour, se déplaça prudemment, sur les genoux et sur une main, à cause de son appareil qu'il tenait de l'autre. Il sentit, lui aussi, le carrelage sous ses doigts et, en relevant la tête, il crut discerner une ouverture — fenêtre ou porte-fenêtre, il aurait été incapable de le préciser — droit devant lui.

Il se redressa et alla directement vers elle. Une minute plus tard, une espagnolette grinçait et la fenêtre s'ouvrait.

«Ouf! Nous sommes au bon endroit! constata Michel. Regarde, Daniel, on distingue l'étang! Quel calme! Pas étonnant que les biches viennent y boire, le soir.»

A ce moment précis, un siège tomba, bruyamment, sur le carrelage.

«C'est calme, en effet! grommela Daniel. Si je n'ai pas une luxation du genou, après ce coup-là!»

Il parvint enfin auprès de son cousin qui avait

déposé une partie de son fardeau sur l'appui de la fenêtre.

« Doucement, ne bouscule rien, Daniel, conseilla Michel. Je viens de poser ma boîte d'ampoules de flash... Dis, au fait, tu ne pourrais pas essayer de voir s'il y a ou non l'électricité, dans ce palace ? Richard aurait pu nous le dire !

— Essayer, je veux bien. Mais je ne garantis pas d'y arriver sans casse !

— Pourvu que les biches ne viennent pas boire avant que mon appareil soit prêt !

— C'est sûrement ce qui va arriver. »

Le but de cette expédition nocturne était, en effet, de prendre au flash une photographie ou deux — si l'éclair du premier flash n'avait pas fait fuir les bêtes — de quelques biches en train de s'abreuver dans l'étang du Rond-Royal.

Daniel s'efforça, en tâtonnant, de trouver un commutateur.

La chaleur était vraiment étouffante, ce soir-là ; le vieux pavillon de chasse, situé au fond du parc, appartenant au comte de Malivert, ne tirait de la proximité de l'étang aucune fraîcheur. Et pourtant, celui-ci baignait le bas de la façade opposée à l'entrée.

Daniel atteignit une porte, mais il eut beau en suivre du doigt le chambranle, il ne trouva nulle part trace d'un commutateur.

Il revint vers l'endroit où son cousin Michel poursuivait ses préparatifs, dans le noir.

« Rien, dit-il. Le comte Hubert de Malivert doit s'éclairer à la chandelle, quand il lui arrive de passer une soirée ici.

— Il paraît que cela n'arrive jamais, ou presque ! D'ailleurs, je t'avoue que j'aimerais mieux qu'il ne vienne pas ce soir.

— Moi aussi, bien sûr. Mais Richard nous a

affirmé que nous ne risquions rien. La promenade vespérale de M. le comte s'effectue près du château, paraît-il...

— Hou-là! gémit comiquement Michel... comment as-tu dit ça? Vespérale?...»

Mais, d'un coup de coude, son cousin l'interrompit.

«Tu n'as rien entendu, demanda-t-il à voix basse.

— Non... Quoi?... Où?

— A l'étage... on aurait dit quelqu'un qui marchait... doucement!»

Les deux cousins écoutèrent. Le silence était impressionnant. L'atmosphère lourde, orageuse, qui baignait la forêt toute proche, l'absence de la moindre brise, tout cela créait un calme épais, irritant même.

«Tu as rêvé! murmura Michel. Ou bien c'était une bestiole! Un pavillon isolé comme celui-là, à l'abandon, ce doit être un paradis pour les souris! Rien que dans le toit de chaume...

— Chut... écoute!»

Michel ne put retenir un frisson qui lui parcourut désagréablement le dos. Seul, le bruit de leur respiration était perceptible...

« Tu m'agaces, protesta Michel. Je n'ai toujours pas préparé mon appareil et... »

Il s'interrompit. Une lumière argentée venait d'entrer brusquement par la fenêtre. Ce fut si soudain que les deux garçons avaient tressailli avant de se rendre compte que c'était la lune, qui venait de crever le plafond de lourds nuages.

Sa lumière bleutée rendit la vie au paysage. De la fenêtre, bien découpée maintenant dans le mur, les deux garçons aperçurent la surface lisse, tranquille, de l'étang. De-ci, de-là, près de la rive, des bouquets de roseaux trouaient le miroir de l'eau, accrochaient des lambeaux de brume, en écharpes.

« Ouf, ça va mieux ! murmura Michel. J'y vois presque assez clair, maintenant, pour régler mon... »

Il n'acheva pas. Daniel venait d'agripper son bras. Aucun doute, il ne s'était pas trompé... le craquement qui se produisait à l'étage ne ressemblait en rien au trottinement d'une souris ! On imaginait plutôt celui que provoque, sur une lame de vieux parquet, le pas pesant d'un homme qui se déplace lentement, avec d'infinies précautions.

« Il y a quelqu'un en haut ! souffla Daniel.

— Si c'est le comte... mieux vaudrait filer !

— Tu parles ! Avec le raffut que nous avons fait en entrant ici ! C'est même bizarre, au fond, qu'il ne se soit pas manifesté plus tôt ! »

Les deux cousins esquissèrent un mouvement de retraite vers la porte. Un mouvement que la lumière lunaire rendit beaucoup plus facile qu'à leur arrivée...

Mais ils n'avaient pas fait trois pas qu'ils s'arrêtèrent, pétrifiés par l'angoisse...

Le plancher de l'étage venait de retentir sous l'effet d'un choc sourd, dont la cause n'était pas douteuse : la chute d'un corps humain...

«C'est la soirée des "bûches"! murmura Daniel en s'efforçant, par une plaisanterie, de réagir contre son émotion. Chacun son tour! Profitons-en pour disparaître.»

Leur élan fut de nouveau coupé net : un gémissement venait de s'élever au-dessus de leurs têtes. En même temps, des frottements répétés, saccadés, sur le parquet, semblaient indiquer qu'un être humain s'efforçait en vain de se relever.

Les deux garçons, bouche bée, le souffle court et le cœur battant, restèrent immobiles, complètement paralysés par la surprise et l'effroi.

Le but de leur expédition nocturne était bien oublié. Seule comptait, maintenant, la mystérieuse présence, à l'étage du pavillon, d'une personne en difficulté, blessée, peut-être...

Un nouveau gémissement leur parvint, très bref, mais plus émouvant encore que les précédents.

«Il faut aller voir! murmura Michel. On ne peut pas laisser là quelqu'un qui est probablement blessé ou malade. C'est peut-être grave!

— Et si c'est le comte?

— Tant pis! Impossible d'hésiter dans un cas comme celui-ci. Où est l'escalier?»

Ils s'orientèrent. En dépit du clair de lune, leur émotion les troublait au point qu'ils mirent quelque temps à découvrir ce qu'ils cherchaient.

Ce fut Daniel qui trouva le premier.

«Par ici, Michel, dit-il.

— On y va!» répondit celui-ci en rejoignant son cousin.

Ils gravirent les marches aussi rapidement que la quasi-obscurité qui régnait dans l'escalier le leur permettait. A mesure qu'ils approchaient du palier, pourtant, leur angoisse allait croissant.

Le devoir exigeait de porter secours à une personne, quelle qu'elle fût, se trouvant en danger.

Mais leur visite, dans ce pavillon, était irrégulière... secrète en quelque sorte... et ils avaient la conviction qu'ils allaient secourir, justement, la personne qui avait de bonnes raisons de la leur reprocher : le comte Hubert de Malivert, sans doute, *le propriétaire des lieux!*

En dépit de cette conviction, comme l'avait dit Michel, il est des circonstances où le devoir, la simple humanité commandent de passer outre aux considérations de cet ordre. Un être humain était en danger, souffrait, s'était peut-être assommé, blessé, dans sa chute. Le reste passait au second plan.

Les deux cousins s'arrêtèrent pourtant sur le palier, paralysés par une émotion compréhensible. Qu'allaient-ils donc découvrir, au-delà de la porte qui se dressait maintenant devant eux, sombre et imposante?

Michel soupira, se ressaisit et appuya sur la poignée de fer forgé. Daniel le suivit; machinalement, il avait posé une main sur l'épaule de son cousin. La porte s'ouvrit sans bruit. Les garçons écoutèrent, figés sur place : *le gémissement avait cessé.*

Tout à coup, Michel recula d'un pas, heurta Daniel qui protesta, en chuchotant.

Devant eux, au fond de la pièce, dans la faible clarté de la lune, une silhouette sombre se dressait immobile, menaçante — du moins le supposèrent-ils... La victime de la chute sans doute... *qui n'avait plus besoin de leur aide!*

A force de scruter la pièce, Michel s'étonna de la parfaite immobilité du personnage. Il finit par entraîner son cousin en avant. Il respira, soulagé. La silhouette était celle d'un chasseur, peint sur le mur...

« Où est donc le blessé ? chuchota Daniel.

— Vois pas ! » répliqua Michel.

Ils firent le tour de la pièce, en longeant une table massive, sans découvrir la moindre trace d'une présence.

« C'est tout de même curieux, murmura Daniel. C'est pourtant bien ici que le bruit s'est produit. Les fenêtres sont fermées...

— ... et sales ! constata Michel. Une histoire de revenant, mon vieux ! Le fantôme a disparu ! »

Mais, s'ils s'efforçaient de plaisanter, les deux garçons n'en menaient pas large. Tant il est vrai qu'un être humain, aussi courageux soit-il, n'aime pas se trouver dans une situation qui défie la raison, le bon sens.

Il existait certainement une explication logique à l'absence du blessé, mais sur le moment, surtout après l'émotion ressentie, sa disparition était troublante.

Tout à coup, Daniel poussa une exclamation étouffée. Il entraîna son cousin devant une porte d'angle, dans un coin de la pièce.

« Il est peut-être là-dedans ! » murmura-t-il.

Jusque-là, affairés à chercher un blessé, sur le parquet, ils n'avaient pas prêté attention à cette porte.

Daniel l'ouvrit et Michel s'approcha, en maintenant le battant ouvert. Il faisait plus sombre dans ce réduit que dans la pièce. Daniel l'explora rapidement.

« Il n'y a personne non plus ! » dit-il en se retournant.

Mais il n'acheva pas son mouvement. Michel, en rupture d'équilibre, le bouscula violemment. Tous deux allèrent heurter le mur opposé à la porte.

Celle-ci se referma en claquant.

Abasourdis, agrippés l'un à l'autre, les garçons entendirent une clef tourner dans la serrure...

Michel se ressaisit, empoigna le bouton de la porte et s'efforça d'ouvrir... *en vain.*

Un ricanement retentit, sardonique, de l'autre côté du panneau. Puis ce fut le silence...

2

« Hou-là ! protesta Daniel. Qu'est-ce que tu fabriques ? Fais donc attention ! Tu as laissé tomber ton appareil ! Je viens de le ramasser !

— Tu en as de bonnes, toi ! répliqua Michel. J'ai laissé tomber... Si tu avais reçu dans le dos la bourrade que je viens d'encaisser, tu serais moins nerveux. J'ai cru que la porte s'écroulait et m'arrivait dans les omoplates ! »

Daniel en resta pantois.

« Quelqu'un t'a poussé ? demanda-t-il au bout d'un instant.

— Un peu, oui ! » répondit Michel, agressif.

Ils s'étaient relevés, à la fois ahuris par la surprise et endoloris par le choc brutal contre le mur.

Michel, une fois encore, s'efforça d'ouvrir la porte, en vain.

« Nous sommes prisonniers ! murmura-t-il. Ça, c'est signé Richard !

— Tu crois ?

— Et comment! C'est bien lui qui nous a parlé de ces biches, oui? Et de la photo extraordinaire que je pourrais prendre de la fenêtre du pavillon!

— Oui, bien sûr... mais...

— Mais... quoi? Personne d'autre n'était au courant! En dehors d'Henriette, bien entendu. Je ne suppose pas que tu puisses soupçonner Henriette d'une farce aussi stupide.

— Non, bien sûr... mais pourquoi Richard nous aurait-il fait ça?

— Pourquoi fait-on une blague, généralement, hein? Pour s'amuser, aux dépens de quelqu'un!»

Les garçons restèrent un instant silencieux. En dépit de la certitude exprimée par Michel, leur mésaventure gardait pourtant un caractère mystérieux. Richard de Malivert, le fils du comte Hubert, ne leur semblait pas homme à se livrer délibérément à une farce de ce genre. Ingénieur, après avoir été élève d'une grande école, il s'adonnait à des recherches scientifiques, dans un laboratoire aménagé par lui dans les communs du château.

«Tu sais, au fond, reprit Michel, ça ne m'étonnerait pas du tout que ce soit lui le coupable. Ces gens qui restent toute la journée à faire des recherches ont parfois sur la façon de faire des farces des idées que les autres n'ont pas.

— Tu veux dire qu'ils sont un peu... farfelus?

— Peut-être... Enfin, dès que nous serons parvenus à sortir d'ici, nous irons lui dire deux mots!

— Ouais! persifla Daniel. Sortir d'ici, c'est vite dit...»

Michel fit une dernière tentative pour ouvrir la porte, puis se dirigea vers la fenêtre.

«Voyons cette fenêtre. Elle donne sur le parc, sûrement. Nous n'avons qu'à l'ouvrir. En nous agrippant au lierre, c'est bien le diable si nous n'arrivons pas à nous tirer de là!»

Mais la petite fenêtre, aux vitres sales, comme toutes celles du pavillon, refusa de s'ouvrir. La crémone elle-même, bloquée par la rouille, peut-être, resta en place. Michel puis Daniel s'arc-boutèrent, un pied au mur, les deux mains jointes sur la poignée. En vain.

— Ouf! soupira Daniel en renonçant. Nous avions bien besoin de cette culture physique, par une chaleur pareille!

— Tu l'as dit... et pourtant, moi, je suis pressé de sortir d'ici. Je voudrais poser quelques questions urgentes à ce Richard de malheur et lui enlever l'envie de ricaner comme il l'a fait tout à l'heure, en bouclant la porte!»

Michel chercha en vain un objet qui lui permettrait de forcer la fenêtre.

De guerre lasse, il essuya une vitre... avec ses doigts.

«Pouah! fit-il, je suis sûr d'avoir récolté trois toiles d'araignée, au moins! Il y a une couche de poussière!

— Tu sais ce qui m'amuse le plus, Michel? demanda Daniel.

— Parce que tu t'amuses, toi?

— Heu... enfin, c'est que tu as cru devoir mettre un blouson... par cette chaleur!

— Pardi, Richard avait dit qu'il fallait se méfier de la fraîcheur, à cause de l'humidité... Mais, tu as vu?»

Michel s'écarta pour laisser son cousin regarder à son tour à travers la surface nettoyée.

«L'étang! gémit Daniel. La fenêtre donne sur l'étang! C'est gai!

— Ce qui signifie, en termes clairs, que si nous parvenons un jour prochain à ouvrir cette fenêtre, nous sommes bons pour un plongeon dans l'étang du Rond-Royal!

— Il doit y avoir des grenouilles... brr...

— Et quand tu y baigneras, ça fera une poule mouillée de plus.»

Les deux cousins furent sur le point d'échanger quelques horions pour rire, mais l'étrangeté de leur situation les en empêcha.

«Brisons une vitre, suggéra Daniel.

— Une vitre? Tu comptes te glisser à travers un rectangle de vingt centimètres sur trente?

— Il faut faire quelque chose, mon vieux. Je commence à avoir sommeil, moi!»

Michel se retint de faire remarquer à son cousin que le moment n'était peut-être pas bien choisi pour évoquer les douceurs du sommeil, et de souligner la fâcheuse propension de Daniel à dormir trop longtemps.

«Faire quelque chose, je veux bien, moi... mais quoi?»

Ils recommencèrent, chacun à son tour, à essayer de faire tourner la poignée de la crémone. Sans plus de succès.

«En somme, nous n'avons plus qu'une ressource, conclut Michel. Passer la nuit ici, à attendre le bon vouloir du sombre idiot qui nous a enfermés dans ce réduit!

— Qu'il y vienne, tiens! Je ne sais pas ce que je lui fais!

— Justement... il n'est sans doute pas près de venir!

— Et pourquoi?

— Il va peut-être attendre que, fatigués, nous nous soyons endormis. Il doit bien se douter que, s'il venait maintenant, nous lui tomberions dessus à bras raccourcis!»

Michel, en désespoir de cause, sortit son mouchoir, le plaça autour de la poignée de la fenêtre, et dans un effort désespéré qui tendit douloureusement tous ses muscles, fit une dernière tentative.

« Victoire! » clama-t-il.

Mais une seconde plus tard, il heurtait Daniel, en complète rupture d'équilibre, car la fenêtre venait de s'ouvrir brusquement.

« Hé là! maugréa Daniel. J'ai failli recevoir un coup de tête! »

Mais déjà Michel était penché sur l'appui de la fenêtre. Daniel l'imita, comme il put, car l'ouverture n'était pas large.

« Bigre! c'est haut! constata Michel.

— Il a bien choisi l'endroit, le "sombre idiot!" remarqua Daniel. Pour sortir d'ici, c'est le bain de boue obligatoire!

— Il y a du lierre, aussi. On va pouvoir s'y accrocher!

— Hum!... tu crois? Ça me paraît risqué. J'aimerais mieux une bonne échelle!

— Passe-la-moi, veux-tu? » riposta Michel.

Daniel n'insista pas.

« Bon, alors, on se risque?

— Minute, mon vieux. Et mon appareil? Je ne peux pas lui faire faire trempette, ce serait plutôt contre-indiqué.

— Ça... à moins de le laisser ici...

— Pas question, mon vieux. Voilà comment nous allons faire : je saute le premier...

— Toujours toi le premier!

— Bien sûr, Daniel. Ce n'est pas un avantage! Nous ignorons quelle est la profondeur de l'étang, au pied de la maison! Toi, au moins, tu le sauras, quand j'aurai sauté! Alors, je disais : je saute, après avoir enveloppé mon appareil dans ma che-

mise et mon blouson. Tu me lanceras le ballot, ce sera parfait!»

Daniel convint que c'était la meilleure solution. Michel ôta son blouson et sa chemise, et confectionna le ballot prévu. Puis il enjamba l'appui de la fenêtre et s'assit sur le rebord, les pieds dans le vide. Il se retourna de façon à rester en appui sur les mains, les bras tendus. Lentement, il effectua une descente freinée par les pieds, contre le mur et le lierre, jusqu'au moment où il se trouva suspendu par les mains au rebord de la fenêtre.

Il hésita quelques secondes, inspira fortement et lâcha prise. En même temps, il s'était repoussé énergiquement des pieds et des mains, pour s'éloigner du mur.

Il y eut un «plouf» retentissant et Daniel, penché à la fenêtre, aperçut son cousin, vraisemblablement assis dans l'eau, au milieu des «ronds» que sa chute avait provoqués.

«Pouah! s'exclama Michel. Il y a au moins trente centimètres de vase.

— C'est recommandé pour les rhumatismes, plaisanta Daniel. Tu peux attraper ton appareil?

— Attends, je me rince les mains, d'abord. Et puis, il faut que je m'extirpe de cette boue, ça fait ventouse, c'est dégoûtant.»

Michel se leva péniblement et barbota un peu pour se laver tant bien que mal les jambes et les mains. Puis il tendit les bras. Adroitement, il reçut le ballot que lui lança Daniel.

En voyant celui-ci enjamber à son tour la fenêtre, Michel se hâta de gagner la rive, non sans patauger copieusement dans la vase nauséabonde.

Daniel sauta, glissa sur le fond et s'étala tout de son long dans l'eau.

Lorsqu'il rejoignit son cousin, sur la terre ferme, quelques minutes plus tard, il était muet de fureur. Michel, posément, enfila sa chemise et remit son blouson. Son appareil photographique était intact.

«Adieu biches, faons, et cœtera! dit-il, en parodiant un vers célèbre. Ce n'est pas demain que je recommencerai une pareille équipée!

— Les grenouilles doivent faire des cauchemars! déclara Daniel.

— Dis, j'y pense... il faut choisir... on fait le tour à l'extérieur du parc... ou bien on file directement à travers?»

Daniel pesa le pour et le contre de cette proposition.

«On retourne directement. Moi je suis trempé de la tête aux pieds. Il me faut une douche dans cinq minutes!

— Ouais... et si nous rencontrons M. le cómte Hubert, hé? Que lui dirons-nous?

— Bonsoir, pardi!

— C'est entendu... mais je ne sais pas s'il apprécierait ta politesse. Mieux vaudrait...»

Michel s'interrompit. Il saisit le bras de son cousin et murmura :

« Filons droit sur la maison. Le garde! J'ai entrevu le garde et son chien au fond de l'allée! Je suis sûr que c'est lui! »

Et les deux garçons, en s'abritant de leur mieux derrière les bosquets, les troncs d'arbres, s'éloignèrent du pavillon de chasse dans un sprint éperdu, le long du mur de clôture du parc.

*
* *

Pour mieux comprendre la raison de cette célérité, de cette préoccupation des garçons à éviter à la fois le comte Hubert et son garde-chasse, il est nécessaire de savoir qu'entre Mme Denise Thérais — la grand-mère de Daniel et de Michel, appelée par eux du diminutif de Manise — et le comte, les relations étaient rien moins qu'amicales.

Manise avait été la lectrice-gouvernante de feu

la comtesse Hortense de Malivert, jusqu'à la mort de celle-ci survenue neuf ans plus tôt.

Par son testament, la comtesse Hortense, qui n'avait pas d'enfant, avait légué son château et le parc attenant à un cousin, Hubert de Malivert, selon le vœu de feu son mari.

Elle avait légué à Manise, en récompense de ses bons services, une belle maison, sise dans le parc du château, en lisière, et connue sous le nom de la *Maison des Jardiniers.*

Ce legs était accompagné de quelques conditions. Manise serait — après consultation du conseil de famille — tutrice d'une orpheline, Henriette de Malivert, une petite-nièce de la comtesse et, à ce titre, elle devrait veiller à son éducation jusqu'à sa majorité. Une somme suffisante accompagnait ce legs, en vue de permettre à Manise de faire face aux frais d'entretien de la jeune personne.

Manise était tenue de réserver, au rez-de-chaussée, une chambre pour la jeune fille. Celle-ci recevait pour sa part — bien maigre part — tous les meubles de la pièce. En particulier, le testament précisait qu'afin de garder le souvenir de la donatrice, Henriette devenait propriétaire des cinq tableaux, tous œuvres de la comtesse Hortense, qui ornaient cette chambre. Tout le monde s'accordait pour reconnaître que ces œuvres n'étaient que des « croûtes » et que la pauvre Henriette avait été bien mal partagée.

Le comte Hubert n'avait pas apprécié davantage les stipulations de ce testament.

En effet, le document étant resté muet sur un point capital : la fortune des Malivert semblait s'être évanouie en fumée. Nulle trace chez le notaire, nulle mention d'un legs en argent dans le testament.

On en avait conclu que la comtesse Hortense avait, peu avant sa mort, fait don de sa fortune à quelques bonnes œuvres, dont elle s'occupait déjà depuis longtemps.

Or, recevoir un château, sans disposer soi-même d'une large fortune, obligeait le comte à mener un train de vie très médiocre. La plupart de ses revenus étaient absorbés par l'entretien des bâtiments.

Sans doute, le comte n'aurait-il pas trop tenu rigueur à Manise de posséder, à l'intérieur de son propre parc, une enclave comportant une maison et un jardin, si, depuis quelques années, un événement ne s'était produit. Richard, le fils du comte, se considérait comme fiancé secrètement avec sa cousine Henriette, et cela en dépit des efforts de son père pour l'inciter à épouser quelque héritière plus fortunée.

Ne pouvant empêcher son fils, majeur, de rendre visite à Manise — et par conséquent à Henriette —, le comte Hubert avait cherché plus d'une mauvaise querelle à Mme Thérais.

C'est ainsi qu'il lui avait interdit l'usage du parc pour sa promenade et l'avait obligée à condamner une porte de communication qui existait entre le jardin de sa maison et le parc.

Il avait doublé la haie vive qui ceignait ce jardin d'un rang de treillage bas, afin d'éviter les déprédations d'un jeune chien qu'avait possédé Manise.

Et si les deux garçons s'étaient rendus au pavillon de chasse, c'était sur les conseils de Richard, leur affirmant qu'ils ne risquaient pas, par une « mauvaise rencontre », d'aggraver la situation entre Manise et le comte, en fournissant à celui-ci un grief de plus...

Les garçons couraient aussi vite et aussi légèrement qu'ils le pouvaient. Michel, qui était en tête, aperçut enfin la silhouette de la *Maison des Jardiniers.*

« Nous arrivons », chuchota-t-il pour lui-même.

Il entrevit une lueur hésitante, furtive, à l'une des fenêtres du rez-de-chaussée, celle de la chambre d'Henriette.

« Tiens.. on dirait une lampe électrique... Henriette doit avoir des ennuis d'éclairage. Une panne... ou un fusible sauté. »

Il se jugea stupide de s'intéresser à ce détail, alors que la situation menaçait d'être critique, si le garde-chasse — qui épousait la querelle de son maître, M. de Malivert — les avait aperçus. Il ne serait que trop heureux de faire un rapport circonstancié à « M. le comte » sur l'intrusion des deux garçons dans le parc.

Daniel parvint à la hauteur de Michel au moment où celui-ci atteignait la porte de communication, garnie de fin treillage, par laquelle ils étaient sortis du jardin, pour se rendre au pavillon de chasse.

Il se saisit de la poignée, poussa... et ne put retenir une exclamation de dépit.

« Elle est fermée ! C'est trop fort ! Tu l'avais bien laissée ouverte, tout à l'heure ?

— Et comment ! La clef était restée dans la serrure.

— Elle y est encore. Mais de l'autre côté...

— Bien sûr... tiens... c'est là que je l'avais laissée...

— Pas une seconde à perdre. On saute la haie... Passe le premier, je te donnerai mon appareil. Vite... ça urge ! »

Daniel ne se le fit pas dire deux fois... Il se précipita vers la haie, chercha à tâtons un fil tendeur où poser le pied et il réussit à franchir la haie sans trop se griffer.

Michel lui tendit l'appareil.

« A moi maintenant », dit-il.

Il empoignait déjà le fil lorsqu'une ombre jaillit...

« Attention ! » cria Daniel.

Un grondement rageur retentit et, éberlué, Michel reçut le choc d'un chien qui faillit le renverser. Il sentit le souffle chaud de la bête contre son visage et, d'instinct, il leva le bras pour se protéger la gorge.

Un bruit caractéristique de tissu déchiré, retentit. Le chien retomba sur ses pattes et s'acharna furieusement sur le col du blouson de Michel qu'il venait d'arracher d'un coup de dent.

Michel évita de justesse un second assaut et franchit la haie, d'un élan qui fit l'admiration de Daniel.

« Le garde ne doit pas être loin ! murmura celui-ci. Viens... »

3

A l'abri de la fureur du chien, dans le jardin de Manise, les deux cousins filèrent pourtant vers la maison. C'est que l'attaque du molosse, sa présence surtout, laissait supposer celle du garde-chasse, M. Péronnet.

Aussi les deux cousins s'efforçaient-ils de se dissimuler aux vues le plus possible. Ils ne s'arrêtèrent que devant le perron.

Michel tâta machinalement l'endroit où aurait dû se trouver le col de son vêtement.

«Je l'ai échappé belle! soupira-t-il. Heureusement qu'il n'a pas pincé la peau!

— Tu n'es pas blessé, au moins? demanda Daniel, inquiet.

— Je ne crois pas. J'ai reçu les pattes du chien en pleine poitrine et il a agrippé le col de mon blouson entre ses crocs. Je t'avoue que, sur le moment, je n'en menais pas large!»

Daniel alla se poster contre l'angle de la maison et scruta le jardin, en direction de la porte de communication. Des bouquets de noisetiers gênaient la vue. Il revint bientôt vers son cousin, sans avoir rien remarqué.

«J'espérais apercevoir le garde, dit-il. Pour que le chien t'ait attaqué, son maître ne devait pas être loin!

— A moins qu'il ne l'ait lâché, dès que notre présence a été éventée...

— Hum... tu crois?

— J'aimerais mieux ça, figure-toi! Parce que si le père Péronnet nous a reconnus, nous sommes bons pour avoir une nouvelle histoire sur le dos... Nous... enfin, Manise, je veux dire. Tu penses que le comte Hubert va bondir sur l'occasion!

— C'est une chance, alors, que Manise ne soit pas là en ce moment. C'est nous qui subirons le premier choc!

— Et nous allons rentrer discrètement à la maison. Sans allumer.

— Sans allumer? Et pourquoi?

— Parce que... réfléchis, mon vieux. Il n'est pas certain du tout que le garde nous ait aperçus et reconnus. Si nous éclairons, en entrant, il apercevra la lumière. Il se dira que c'est bien nous que le chien a poursuivis. Tandis que si nous n'allumons pas, il restera peut-être un doute dans son esprit.»

Daniel ne fut pas convaincu

«Bon, je veux bien, mais... il a le col de ton blouson, le père Péronnet. C'est une pièce à conviction!

— Peut-être pas. Le chien n'a pas dû s'acharner bien longtemps dessus. Et un morceau de tissu beige clair, sur le sol de l'allée, ça ne doit pas tellement tirer l'œil.»

Michel gravit les marches du perron et ouvrit la

porte. Daniel le suivit et les deux garçons s'orientèrent pour traverser le hall d'entrée et gagner la salle de séjour.

Après la faible lumière du clair de lune, l'obscurité complète qui régnait à l'intérieur de la maison les rendit aveugles, un instant.

« Ouille ! maugréa Daniel. Je viens de me cogner dans la table. Après le pavillon de chasse, c'est complet !

— Chut !... pas la peine d'alerter Henriette, chuchota Michel.

— Tu es bon, toi ! Je voudrais t'y... »

Daniel n'acheva pas. Il rattrapa *in extremis* une chaise contre laquelle il venait de se heurter. En tâtonnant, les deux cousins parvinrent au fond de la salle de séjour et s'engagèrent dans le couloir qui desservait l'escalier. Seule, Henriette avait sa chambre au rez-de-chaussée.

En passant devant la porte de cette chambre, Michel crut entendre un léger bruit.

« C'est vrai... pensa-t-il. J'avais oublié la panne d'électricité ! Henriette a peut-être besoin de quelque chose ! Elle n'est pas très rassurée, d'ordinaire, dans l'obscurité... »

Il levait déjà la main pour frapper discrètement à la porte de la jeune fille, lorsqu'il resta médusé. La lumière venait de s'allumer dans le couloir... pour s'éteindre aussitôt. Mais Michel avait eu le temps d'apercevoir son cousin, le doigt sur le commutateur, qui venait d'appuyer par l'effet de l'habitude, sans doute, et d'éteindre aussi vite.

« Tu peux allumer, maintenant, grommela Michel. C'est trop tard. Si le garde est encore dans les parages, il aura vu la lumière, de toute façon ! Inutile de continuer à ruser. La panne est finie, tu vois bien... »

Michel suivit son cousin à l'étage où se trouvait

leur chambre. La panne était bien terminée, en effet, car la lumière jaillit dès que Daniel appuya sur le commutateur.

« Ouf! On est bien chez soi! constata Michel en déposant sur la table l'appareil photographique. Je vais me changer avec plaisir!

— Et moi, donc! J'embaume le nénuphar. Un nouveau parfum à lancer. Succès garanti.

— Flûte! répliqua Michel. Ça, c'est la tuile!

— Quoi? Quelle tuile?

— Les ampoules flash...

— Oui, et alors?... tu les as brisées, dans ta chute?

— Pis que ça, mon vieux. Oubliées... oubliées sur l'appui de la fenêtre, dans le pavillon de chasse! Notre présence là-bas est signée, maintenant. C'était bien la peine d'essayer d'égarer les soupçons du garde! »

Daniel haussa les épaules.

« Rien ne prouve que quelqu'un les verra, tes ampoules. Et tu pourras toujours demander à Richard d'aller les chercher demain.

— Plus souvent! Ce Richard, je lui garde une dent, et une grosse! Non... le mieux sera que nous y allions demain matin, de très bonne heure.

— De... très bonne heure? Merci bien, moi, *à cette heure-là*, je dors!

— Tu dors, tu dors! Autrement dit... »

Michel n'acheva pas. Au-dehors, pas très loin de la maison, sans doute, un hurlement venait de déchirer le silence. Un hurlement dont l'intensité figea les garçons, soudain très pâles.

« C'est le chien... souffla Daniel. Qu'est-ce que... »

La bête hurla de nouveau. Puis, ce fut comme si des gens luttaient, en grognant, en prononçant des menaces, sourdement. Un faible gémissement... puis, plus rien.

D'instinct, les deux garçons se précipitèrent vers la fenêtre. Mais les volets métalliques étaient clos et le système des barres de fermeture était compliqué à manipuler.

« Arrive, Daniel! intima Michel. On va voir dans le jardin... »

Les deux garçons dévalèrent l'escalier, traversèrent la salle de séjour sur leur lancée... Michel éteignit la lumière et suivit Daniel dans l'entrée. La main sur le commutateur, il allait appuyer, lorsque Daniel revint vers lui. Avant de lui expliquer quoi que ce soit, il entraîna son cousin et l'obligea à s'accroupir derrière un fauteuil...

« Ecoute... »

Une clef cherchait le trou de la serrure... La porte s'ouvrit doucement et une silhouette parut.

D'un même élan, les garçons se redressèrent, prêts à bondir, lorsque la lumière inonda la pièce, les laissa pantois.

« Henriette! » s'exclamèrent en même temps les cousins.

La jeune fille, une jolie brune d'une vingtaine d'années, au fin visage, les regardait d'un air absolument effaré, de ses yeux sombres, bordés de longs cils.

« Qu'est-ce que vous faites ici? demanda-t-elle. Je vous croyais endormis depuis longtemps... mais... vous êtes mouillés! Vous avez chahuté? »

Michel et Daniel sourirent. Visiblement Henriette ignorait tout des incidents du pavillon de chasse. Si Richard était coupable de la mauvaise farce dont ils avaient été victimes, il n'avait pas cru devoir s'en vanter à sa fiancée. Les deux cousins échangèrent un regard et furent d'accord pour montrer la même discrétion.

« Vous n'avez pas entendu ce hurlement, il y a quelques minutes ?

— Si... un chien, je crois. C'était sinistre. Je me suis dépêchée de rentrer... »

La jeune fille crut devoir justifier son retour tardif.

« J'étais allée... me promener un peu, dit-elle. Il fait si chaud, si étouffant, ce soir... j'espérais trouver un peu d'air frais et...

— Vous n'avez entendu que le chien ? On aurait dit, aussi, que des gens luttaient...

— Mon Dieu ! Vous êtes sûrs ?

— Nous étions justement en train d'aller voir... vous venez avec nous ? »

La jeune fille hésita, puis, courageusement, se décida.

« Soit, je vous suis. »

Rapidement, les garçons l'entraînèrent dans le jardin vers la porte de communication grillagée qui séparait le parc du jardin.

Le clair de lune accentuait les ombres, déformait les bosquets connus, marbrait les allées de taches inquiétantes... du moins pour la jeune fille.

Michel atteignit la porte le premier et poussa aussitôt une exclamation : *elle était entrouverte, cette fois !*

Rejoint par Daniel, puis par Henriette, Michel risqua un coup d'œil dans le parc. Immédiatement, un grognement rageur retentit.

Bien qu'aucun danger visible ne fût à portée, Michel esquissa un mouvement de retrait.

« C'est encore le chien ? demanda Daniel à voix basse.

— Je crois, oui,... mais il y a une chose qui m'étonne... c'est qu'il ne nous saute pas dessus, puisque la porte est entrouverte.

— Ça, évidemment... »

Michel regarda de nouveau dans le parc, risqua un pas, puis deux... Il s'arrêta et rebroussa chemin d'un bond. Emu, hors d'haleine, il murmura :

« Il y a quelqu'un... allongé contre la haie... sans connaissance... »

4

Le ton affolé de Michel, l'image que ses paroles suggéraient provoquèrent chez Henriette comme chez Daniel une émotion bien naturelle.

« Mais, demanda la jeune fille, et le chien ?

— Je crois qu'il est couché près de l'homme...

— Couché près de l'homme ? répéta Daniel. Mais alors la victime... ce serait le garde ?

— Le père Péronnet ? Mon Dieu, ce n'est pas possible ! balbutia Henriette. Il faut le secourir ! »

Michel et Daniel hésitèrent. Ils ignoraient ce qui avait pu arriver à l'homme. Et la présence du molosse, hargneux en diable, ne simplifiait pas le problème qui se posait à eux.

« Vous avez raison, déclara Michel après un temps de réflexion. Il est impossible de ne pas aller voir.

— Faites attention au chien, surtout », conseilla Henriette.

Michel sortit franchement du jardin, suivi par Daniel et... à distance, par la jeune fille.

Le cœur battant, en proie à une sourde angoisse que l'atmosphère étouffante aggravait encore, les deux garçons s'approchèrent de l'homme étendu sur le sol... et reconnurent le garde-chasse. Chose curieuse, le chien grognait, couché, lui aussi, contre son maître, mais il n'essayait pas de s'interposer entre lui et les jeunes gens. En fait, ceux-ci constatèrent bientôt que la bête, *par le seul jeu de ses pattes de devant,* s'efforçait d'avancer.

« Le chien aussi est blessé! constata Daniel. Regarde, il ne peut pas se soulever. Il se traîne... On dirait qu'il est paralysé des pattes de derrière!

— Je vais chercher de l'eau fraîche et un linge », déclara Henriette, en se dirigeant rapidement vers la maison.

Restés seuls, les deux garçons essayèrent de secourir le garde, mais en vain. Le chien jappa, grogna, montra les dents.

« Jamais nous ne pourrons soigner cet homme, avec le chien qui cherche à tout prix à nous en empêcher, conclut Michel. Je vais prévenir les gens du château!

— Tu n'y penses pas! Ça va faire une histoire terrible! Nous sommes dans le parc... la porte aurait dû être condamnée... Et...

— Je sais, mon vieux. Le comte va "fumer", mais, tant pis! Je suis sûr que Manise agirait comme moi. Reste là, je cours jusqu'au château. Je vais essayer de prévenir Richard. »

Michel s'éloigna rapidement, en faisant un crochet pour éviter le chien.

Impatient, Daniel attendit le retour d'Henriette. Il ne se sentait pas du tout à son aise, en présence de cet homme privé de connaissance, gardé par un chien que sa blessure n'empêchait nullement d'être agressif!

*
* *

Michel courait vers le château, en suivant les allées sinueuses d'un parc à l'anglaise. Il apercevait à côté de la masse du bâtiment principal deux dépendances : le garage, puis, tout à côté, une maisonnette où habitaient le jardinier et Bertin, le valet chauffeur de Richard.

Avec le garde-chasse, dont la femme tenait le rôle de concierge, une cuisinière et deux femmes de chambre, c'était là tout le personnel du château.

Michel se demanda s'il ne ferait pas mieux, au lieu de prévenir Richard ou le comte, d'alerter le jardinier et peut-être Bertin.

Mais il jugea un peu lâche de ne pas oser affronter le comte, dans une circonstance semblable. Du moins d'hésiter à le faire.

« Après tout, se dit-il, je ne fais que mon devoir! »

Tout à coup, il aperçut une silhouette dans l'allée qui conduisait à la maisonnette. D'instinct, Michel dirigea sa course vers elle. C'était Sosthène, le jardinier. Sans même se demander ce que le brave homme pouvait bien faire à cette heure-là dans les allées du parc, Michel s'écria :

« Monsieur Sosthène, le père Péronnet est malade, blessé, je ne sais pas. Il faudrait venir à son aide! Son chien empêche d'approcher!

— Ah bé! Qué que vous me chantez là? Péronnet malade à c't'heure? C'est pas Dieu possib'! Ah bé! N'en v'là une d'affaire! »

Le jardinier répéta plusieurs fois son étonnement, sans manifester autrement l'intention de répondre à l'appel du garçon.

« Dépêchons-nous, monsieur Sosthène, dit celui-ci. C'est peut-être grave !

— Ah bé ! Ah bé mais ! »

Michel allait quitter l'homme pour courir vers le château lorsque apparut un second personnage, coiffé de la casquette plate des chauffeurs. Il reconnut Bertin.

« Que se passe-t-il, monsieur Sosthène ? demanda-t-il, un peu essoufflé par la hâte qu'il avait mise à arriver. Oh ! pardon ! N'est-ce pas l'un des jeunes messieurs en vacances chez Mme Thérais ? Je suis Bertin, vous m'avez reconnu sans doute ? Puis je vous proposer mon aide, s'il en est besoin ? »

En dépit de l'étrangeté de la scène, de l'heure insolite, Michel goûta le pittoresque du personnage, dont le langage châtié, les manières empreintes d'une politesse surannée laissaient supposer qu'il avait pu connaître des jours meilleurs. Manise appréciait beaucoup l'amabilité du valet chauffeur, toujours prêt à rendre service, que ce fût pour réparer un robinet de lavabo ou faire une course en ville.

Rapidement, Michel mit le chauffeur au courant de l'incident.

« Péronnet ? Pauvre diable ! s'exclama Bertin. Inutile de s'affoler. Monsieur Sosthène, veuillez accompagner le jeune monsieur sur les lieux... moi je vais alerter M. le comte et la famille de Péronnet ! J'y cours ! »

Très soulagé, au fond, de ne pas avoir à affronter les premières réactions du comte, Michel retourna vers l'endroit où gisait le garde-chasse. Dans son sillage, le père Sosthène rabâchait son effarement, ponctué de « Ah bé ! » interminables.

Henriette posa sur le sol de l'allée la cuvette inutile qu'elle avait été chercher. Le chien continuait à interdire toute approche. Daniel allait et venait, pour combattre le refroidissement, que l'humidité de ses vêtements provoquait en dépit de la chaleur étouffante.

« Alors ? » demanda-t-il lorsqu'il vit arriver son cousin.

Michel narra la double rencontre qu'il avait faite.

« Le comte de Malivert va venir... et la famille du père Péronnet. Il n'y a qu'à attendre.

— Je ne parviens pas à comprendre ce qui a pu se passer, déclara Henriette.

— Je ne vois que deux explications, répondit Michel. Ou bien le père Péronnet est malade, ou bien il a été attaqué par quelqu'un.

— Un rôdeur ! Dans le parc ! s'exclama Henriette. Mon Dieu ! comme j'ai raison de fermer soigneusement les volets de ma fenêtre ! Je ne pourrai plus dormir tranquille, désormais ! »

Bientôt, des lumières apparurent au loin.

« Vlà monsieur le comte, pour sûr ! annonça Sosthène qui s'était tenu à l'écart jusque-là. Pour une affaire, sûr que c'est une affaire ! »

C'était bien le comte, en effet, suivi de Bertin. Le chien grogna de plus belle lorsque le faisceau d'une lampe de poche l'aveugla.

Le comte n'eut pas un mot pour répondre aux politesses des jeunes gens. Un grognement en tint lieu. Puis, lorsqu'il eut examiné, de loin, le visage du garde, il demanda :

« Alors, que signifie tout ceci ? Que faites-vous donc, messieurs, dans mon parc, à cette heure-ci ? Et comment se fait-il que cette porte que je croyais condamnée soit ouverte ? »

Michel, en dépit de l'irritation qu'il ressen-

tait en estimant que «cette heure-ci», justement, n'était pas celle d'explications de ce genre, entreprit de narrer l'incident, tel qu'il pouvait l'imaginer, par les bruits entendus de la chambre. Il glissa rapidement sur la question de la porte ouverte. C'est qu'il n'estimait pas nécessaire de commencer le récit des événements plus tôt, c'est-à-dire de parler de leur traversée clandestine du parc et de leur visite au pavillon de chasse.

Le comte écouta en silence, puis il conclut :

«Nous reparlerons de tout cela dès demain. Pour l'instant, il importe de conduire Péronnet chez lui. Bertin, ne me disiez-vous pas que vous aviez prévenu les siens?

— Ses fils ne sauraient tarder, monsieur le comte. Tenez, ils arrivent.»

En effet, deux jeunes gens d'une vingtaine d'années arrivaient au pas de course, essoufflés et anxieux. Le comte mit fin à leurs questions en affirmant qu'il était un temps pour tout. Il ordonna à l'aîné :

« Eloignez cette bête pour commencer, Marcel! Sosthène et Bertin se chargeront du reste! »

Le chien gémit, mais ne se débattit pas lorsque l'un des fils du garde le prit par le collier pour l'obliger à abandonner sa faction.

« L'a reçu un coup! s'exclama le jeune homme. Un fameux on dirait. L'a tout l'arrière-train paralysé. Faut être un fameux dégoûtant pour arranger une bête comme ça! »

Le fils du garde prit le chien dans ses bras, en lui parlant.

« Tout beau, Pyrrhus! Tout beau! Viens-t'en... Calme... là tout beau! »

Aussitôt, Bertin, Sosthène et Victor, le second fils du garde, soulevèrent avec précautions le père Péronnet et l'emportèrent vers sa maison, escortés par le comte.

Un homme surgit au moment où Henriette et les garçons s'apprêtaient à rentrer dans le jardin de Manise.

« Que se passe-t-il? demanda-t-il hors d'haleine. Je viens seulement d'être prévenu. N'est-ce pas Péronnet et son chien que je viens de croiser? Sont-ils malades? Père n'a rien voulu me dire.. »

Michel et Daniel reconnurent aussitôt Richard de Malivert. Par discrétion, ils s'éloignèrent un peu, laissant à Henriette le soin de renseigner son fiancé.

« Décidément, personne ne dormait, ce soir, au château! constata Michel.

— Par cette chaleur, rien d'étonnant, tu sais! »

Sachant bien qu'Henriette ne serait pas très rassurée de traverser le jardin seule, les garçons l'attendirent en musardant.

Dans le parc, nettement visibles par-dessus la haie, Henriette et son fiancé poursuivaient une discussion animée. Seul un murmure parvenait aux oreilles des témoins de la scène.

Une question, pourtant, posée avec une certaine véhémence par Henriette fut distinctement entendue.

« Où étiez-vous encore ? Plongé dans vos recherches ? »

La réponse de Richard resta confidentielle.

« Tu as entendu ? demanda Daniel. Henriette et Richard avaient rendez-vous, ce soir... et Richard n'y était pas... juste à l'heure où un quidam nous propulsait dans le réduit du pavillon de chasse !

— Je me faisais la même réflexion, mon cher cousin, plaisanta Michel. Je dirais même que j'ai une réponse toute prête à la question posée par Henriette. J'en dirais d'ailleurs volontiers deux mots au sieur Richard...

— Comme a dit le comte, mieux vaut attendre demain.

— J'ai bien l'impression que, demain, la journée sera un tantinet chargée !

— Moi aussi ! »

5

Henriette apparut à la porte du jardin. Elle aperçut les deux cousins.

«C'est gentil de m'avoir attendue! Après ces incidents, je n'aurais pas aimé traverser seule le jardin!»

Ils gagnèrent le perron et pénétrèrent dans la maison.

«Je préfère que Manise ne soit pas là! affirma la jeune fille. Elle aurait été inquiète! Tout cela est bien obscur!

— Au fait... il y a eu une panne d'électricité, tout à l'heure? demanda Daniel.

— Une panne? répéta Henriette étonnée. Ma foi, je l'ignore... je n'étais pas dans la maison, vous le savez bien!»

Michel se toucha le front.

«C'est vrai! C'est trop bête! Evidemment! J'aurais pu y penser plus tôt! Mais alors...

— Vous m'effrayez! s'exclama la jeune fille. Que s'est-il donc passé en mon absence? Pourquoi parlez-vous de panne?»

Michel regarda Daniel. D'un regard qui signifiait : «Faut-il lui dire?»

«Que cachez-vous, tous les deux? reprit la jeune fille. Je veux savoir la vérité sinon je ne dormirai pas!»

Michel se décida.

«Eh bien, voilà, tout à l'heure, nous étions dans le jardin et nous avons aperçu une lueur, dans votre chambre, comme si quelqu'un s'y promenait en s'éclairant avec une lampe de poche...

— Mon Dieu! ce n'est pas vrai? Pas dans ma chambre? Je ne vais pas pouvoir fermer l'œil de la nuit!»

Henriette manifestait tous les signes d'un effroi rétrospectif intense.

«Et vous n'êtes pas venus voir, vous ne m'avez pas appelée...

— Heu... non! Nous n'avons pas voulu vous déranger... et puis... nous n'étions vraiment pas présentables... Il y a eu presque aussitôt après notre rentrée le hurlement du chien, ce bruit de lutte... et nous n'avons plus pensé qu'à ça!»

La jeune fille s'assit dans un fauteuil et désigna le fond de la salle.

«Ecoutez... soyez chics! Allez voir dans ma chambre... vérifiez la fermeture de la fenêtre, examinez bien tout! Assurez-vous que quelqu'un n'y est pas dissimulé...»

Michel et Daniel se regardèrent, une fois de plus. D'un même mouvement, ils se dirigèrent vers le couloir.

Arrivés devant la porte de la chambre, ils écoutèrent puis, d'un geste énergique, Michel ouvrit le battant.

Il donna en même temps la lumière, prêt à toute éventualité. Après les minutes qu'il venait de vivre, cette défiance était naturelle. Daniel surgit à ses côtés.

Lorsqu'ils eurent examiné rapidement la pièce, ils éclatèrent de rire.

La chambre était vide... et leur attitude belliqueuse en devenait ridicule.

Michel demanda :

« Dis, Daniel... Don Quichotte, ça te dit quelque chose ?

— Oui, il me semble... et nous n'avons même pas de moulins à combattre ! »

Henriette les avait suivis... à distance. Elle passa la tête, à la fois curieuse et peu rassurée.

« Alors, demanda-t-elle, il n'y a personne ?

— Apparemment pas ! répondit Daniel.

— Cela ne prouve pas qu'un visiteur ne s'y trouvait pas, tout à l'heure. Un mystérieux "Monsieur X" en visite confidentielle !

— Brr ! gémit Henriette. Pouce, je vous en prie ! Je ne vais plus oser rester dans cette chambre. »

Michel et Daniel redevinrent sérieux.

« Je ne crois pas qu'il aurait l'audace de revenir, dit Michel. Si vraiment il est venu quelqu'un.

— Pourquoi ? Vous n'êtes plus certain, maintenant ? demanda Henriette.

— C'était peut-être un effet de la lune. Tout a l'air en ordre, ici ! »

Henriette entra, franchement cette fois. Elle examina l'étagère qui supportait des livres et quelques bibelots, puis elle ouvrit l'un après l'autre les tiroirs d'un chiffonnier. Elle alla inspecter le contenu d'un placard et celui d'une armoire. Les deux cousins suivirent avec intérêt cette fouille méthodique. Ils regardaient les tableaux accrochés au mur lorsque la jeune fille revint vers eux.

« Il ne manque rien, apparemment. Et j'oserais même affirmer que si quelqu'un a réellement pénétré dans cette chambre, aucun objet n'a été déplacé. Je suis assez méticuleuse et je range toujours mes affaires de la même manière. »

Michel poussa Daniel du coude. Celui-ci, comprenant le geste, éclata de rire. Pour Henriette, étonnée de cette hilarité, Daniel expliqua :

« Michel estime que je devrais suivre votre exemple », dit-il.

Mais la jeune fille ne répondit pas. Elle venait de s'approcher de la porte-fenêtre et elle poussa une exclamation :

« Oh !... vous aviez raison... quelqu'un est venu ! Je ferme toujours les volets, à la nuit tombée... Regardez ! »

Les deux cousins obéirent. Les volets métalliques, articulés, avaient été simplement repoussés de l'extérieur. Ils n'étaient pas assujettis par le crochet de fermeture.

« Donc, c'est une preuve de plus, constata Michel.

— Monsieur X est donc entré et sorti par là ? suggéra Daniel.

— Mais pas du tout ! protesta Henriette. Quand les volets sont fermés, on ne peut pas les ouvrir de l'extérieur. »

Cette affirmation véhémente désempara un peu les deux cousins.

« Et vous êtes certaine de les avoir fermés avant de sortir, ce soir ? demanda Michel.

— Ab-so-lu-ment cer-taine ! » confirma la jeune fille.

Le mystère s'aggravait. Le problème désormais se posait ainsi que Michel le résuma :

« Puisque Monsieur X a réussi à pénétrer ici, dans cette chambre, sans ouvrir les volets, il est donc entré dans la maison par la porte... à moins que l'une des autres fenêtres ne soit restée ouverte... »

Il s'apprêtait à aller vérifier le bien-fondé de cette supposition, lorsque Henriette l'arrêta.

« Inutile ! J'ai pour habitude de m'assurer que tout est bien fermé, avant de partir...

— Et puis, même s'il en était autrement, intervint Daniel, si notre homme a pu entrer par une fenêtre laissée ouverte, je suppose qu'il n'aura rien eu de plus pressé que de la refermer pour supprimer la preuve de son passage !

— Ouais ! convint Michel... Ouais-ouais-ouais ! Tout cela ne laisse plus qu'une hypothèse : Monsieur X possède une clef de la porte d'entrée !

— Pourquoi serait-il ressorti par ici alors ? demanda Daniel.

— Cette question ! Parce que Monsieur X était encore là lorsque nous sommes passés dans le couloir. C'est lui qui a fait le léger bruit que j'ai remarqué. Il nous avait entendus, lui aussi ! Nous avons heurté assez de chaises en entrant ! Il ne pouvait plus filer par la porte d'entrée, il est donc passé par le jardin... c'est pour cela qu'il a dû assommer le chien et le garde-chasse ! »

Henriette recommençait à se sentir mal à l'aise. Toute cette histoire lui déplaisait visiblement.

« Mais alors... le père Péronnet va se souvenir... quand il reviendra à lui. Il va pouvoir donner le signalement de son agresseur, peut-être ? dit-elle.

— Espérons-le ! conclut Michel. Moi, des visites clandestines, je n'aime pas beaucoup ça.

— Il faut vérifier attentivement les fermetures, conseilla Henriette, et bloquer la porte d'entrée, solidement !

— Il y a le verrou intérieur... déjà!

— Oui, bien sûr... mais ne pourrions-nous pas installer un échafaudage avec quelque chose de sonore au sommet? Si quelqu'un voulait entrer, le bruit nous avertirait immédiatement.

— Bonne idée, reconnut Daniel. J'y vais!»

Michel l'aida à disposer contre la porte une haute sellette sur laquelle un seau vide fut posé. Si quelqu'un essayait d'ouvrir la porte, la chute du seau sur le carrelage donnerait l'alarme.

Les deux garçons examinèrent ensuite la fermeture de toutes les fenêtres et celle des volets. Henriette participa à l'opération. Ce ne fut qu'une fois cette vérification achevée qu'elle consentit à laisser les garçons monter dans leur chambre.

*
* *

Le lendemain matin, il faisait déjà grand jour quand le réveil sonna. Michel, d'un geste machinal, bloqua aussitôt le mécanisme et se redressa sur son lit. Il se demanda un instant ce qui avait bien pu le résoudre à remonter la sonnerie.

«Hou-là, c'est vrai», murmura-t-il en étouffant un bâillement...

Il venait d'apercevoir sur la table son appareil photographique.

«La boîte d'ampoules à aller chercher!»

Un instant, il crut qu'il était trop tard. La lumière qui filtrait à travers les fentes des volets laissait supposer une heure avancée. Un coup d'œil au réveil le rassura : il n'était que cinq heures.

L'esprit encore fort embrouillé, Michel se leva, chercha en vain son short, abandonné par lui la veille dans la baignoire. Il gagna le cabinet de toilette attenant à la chambre. Au passage, il jeta

un coup d'œil vers le lit de Daniel. Celui-ci reposait si bien, pas du tout troublé par la sonnerie du réveil, que Michel sourit.

« Bah ! se dit-il, autant qu'il dorme... ce dormeur ! Il n'est pas utile d'être deux pour aller rechercher une boîte d'ampoules. Et, de toute façon, c'est moi qui l'ai oubliée. »

Aspergé d'eau fraîche, complètement réveillé, Michel s'habilla rapidement, en remplaçant son short mouillé par un pantalon, descendit sans bruit l'escalier. Dans l'entrée, il retira la sellette et le seau, et se glissa hors de la maison. Sur le perron, il se demanda ce qu'il devait faire. Allait-il se risquer une fois de plus dans le parc — ce qui offrait l'avantage de raccourcir considérablement le trajet jusqu'au pavillon de chasse —, ou devait-il faire le tour, suivre la nationale qui passait à proximité, pénétrer dans la forêt et revenir vers l'étang du Rond-Royal ?

« Au fait, je serais curieux de voir s'il ne reste pas de trace, dans le parc, à l'endroit où se trouvait le garde ! » se dit Michel.

Il se décida pour le trajet le plus court.

«A cette heure-ci, le danger d'une rencontre n'est pas grand!» pensa-t-il.

Il se dirigea vers la porte de communication. La clef que les deux cousins avaient introduite, la veille, dans le trou de la serrure, était encore à sa place. Une clef découverte dans une vieille boîte à outils, à la cave, et qui, bien que n'étant pas celle de cette porte, faisait fonctionner la serrure.

L'air était frais, suffisamment pour achever de dissiper les derniers effets du sommeil. Dans la douce lumière du jour naissant, les feuillages gardaient une tonalité bleutée, surprenante. Un silence absolu régnait encore sur le parc et sur la forêt. Michel éprouva une exaltation légère à être ainsi matinal.

Il ouvrit sans difficulté la porte grillagée, mais cette fois, se souvenant de l'incident de la veille, il glissa la clef dans la poche de son pantalon.

«Je ne tiens pas à la retrouver fermée à clef, en revenant», se dit-il.

Il examina le sol de l'allée, mais les graviers n'avaient gardé aucune trace d'un passage ou d'une lutte.

Le col de son blouson n'était plus là non plus. Sans doute avait-il été ramassé, ou repris au chien par le garde Péronnet avant que celui-ci ne soit assommé.

Michel se hâta de se diriger vers le pavillon de chasse en rasant le plus possible le mur de clôture du parc pour échapper aux vues des habitants du château.

«Il ne manquerait plus que le comte ait une insomnie! se dit-il. S'il m'apercevait, il serait bien capable sans doute de lancer tous ses chiens après moi!»

Il découvrit bientôt la façade du pavillon de

chasse envahie par le lierre, avec le toit de chaume pataud et gris de vétusté.

Au-delà, la surface étonnamment lisse de l'étang du Rond-Royal reflétait le bleu clair très pur du ciel.

« Ce qu'il peut cacher son jeu, celui-là ! pensa Michel. Qui irait deviner qu'il dissimule autant de vase gluante, ce sournois ! »

Pendant tout le trajet, Michel n'avait cessé de surveiller le parc, au hasard des éclaircies entre les buissons et les arbres.

Il arriva devant la porte du pavillon de chasse sans avoir aperçu la moindre ombre suspecte.

Il jeta un dernier coup d'œil autour de lui. Le parc était bien désert. La porte du pavillon était restée ouverte...

Michel franchit le seuil, non sans ressentir une légère angoisse. Le souvenir de ce qui lui était arrivé la veille, quelques heures plus tôt, était encore trop vivace pour qu'il en fût autrement...

Et le mystère qui planait sur les incidents de la nuit n'était pas fait pour arranger les choses.

L'ombre absorba le garçon...

6

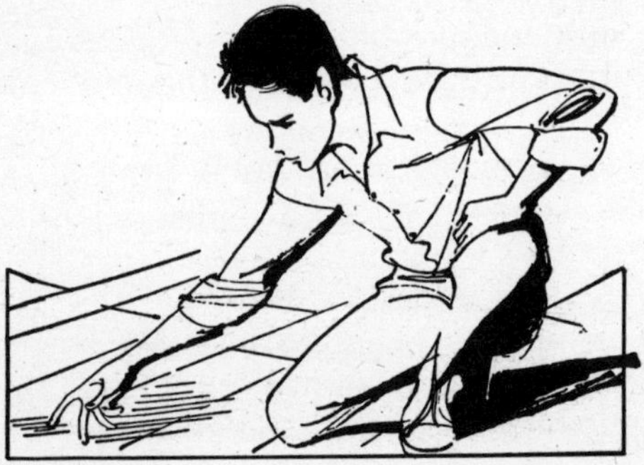

Michel descendit lentement, mais sans difficulté, cette fois, les trois marches de bois qui permettaient d'accéder à la grande pièce du pavillon.

L'escalier aboutissait à un sol carrelé de grandes dalles qui avaient dû être rouges et blanches, autrefois, mais que la poussière accumulée depuis des mois et des mois d'abandon maculait. Par endroits, des traces de pas étaient visibles et Michel, entre autres, reconnut celles des semelles des baskets de Daniel et des siens. Malheureusement le nombre des empreintes différentes ne permettait guère de garder le moindre espoir quant à leur identification.

Sans attendre, Michel se dirigea vers la fenêtre où il s'était posté, à l'affût, la veille. Hélas! D'un coup d'œil il se rendit compte que sa démarche était inutile. L'appui de la fenêtre était vide : la boîte d'ampoules avait disparu.

« Aïe ! murmura Michel. Quelqu'un a eu besoin d'une pièce à conviction ! D'ici à ce que le comte Hubert nous rapporte la boîte à la maison, en nous demandant quelques "petites" explications, il n'y a sûrement pas loin ! »

Il se pencha par l'ouverture, en contemplant machinalement la surface de l'étang, sans une ride. Son apparition provoqua des mouvements discrets dans les roseaux de la rive. Une poule d'eau sans doute, soucieuse d'un meilleur camouflage.

Tout à coup, Michel tressaillit. Une idée, un espoir, venait de traverser son esprit.

« Et si la boîte était en haut, à l'étage ? se dit-il. J'ai pu l'emporter sans m'en rendre compte, hier soir... J'étais assez troublé par les gémissements pour l'avoir fait machinalement. »

De plus, Michel s'avoua qu'il était curieux de revoir en plein jour l'endroit où il avait été victime d'une si mauvaise farce la nuit précédente. Il gravit lestement l'escalier et ouvrit la porte.

La pièce dans laquelle il pénétra était longue et deux fenêtres, de chaque côté, donnaient les unes sur l'étang, les autres sur le parc.

Au fond, il découvrit la fresque de chasse dont l'une des silhouettes, plus nette que les autres, les avait surpris, Daniel et lui.

Il aperçut aussi la porte du réduit dans lequel ils avaient été si adroitement enfermés, et se dirigea vers elle. Il ne put s'empêcher, en s'approchant, de regarder autour de lui. La mésaventure de la nuit précédente le rendait circonspect.

« Une fois suffit », murmura-t-il en saisissant le bouton de la porte.

Mais celle-ci était encore fermée et la clef était absente.

« En somme, de deux choses l'une : ou bien

Monsieur X n'est pas revenu pour nous délivrer... ou bien il sait déjà que nous nous sommes évadés, et il n'a pas besoin d'ouvrir de nouveau cette porte», se dit le garçon.

Il réfléchit et admit qu'une autre hypothèse était tout aussi vraisemblable : l'homme avait pu constater leur fuite lorsqu'il avait voulu les libérer et refermer la porte.

«Oh, oh! murmura Michel en découvrant des traces d'huile fraîche sur le chambranle, à hauteur des gonds. Nous étions bel et bien attendus...»

En poursuivant son examen, ce fut sur la serrure que l'attention de Michel se porta.

«Elle est neuve! Tout était prévu!»

La comparaison de l'état des gonds et de la serrure avec celui de la pièce, à l'abandon, comme le reste du pavillon, suffit à fournir la preuve de la préméditation.

«Le réduit a été tout spécialement prévu pour nous recevoir et nous retenir! estima Michel, certain de son fait. Nous retenir, sans doute pour donner le temps à Monsieur X de fouiller la chambre d'Henriette de Malivert...»

Il eut l'impression que son raisonnement péchait quelque part, qu'il oubliait quelque chose, un détail, mais il fut incapable de trouver lequel.

Il abandonna l'examen de la porte. Le sol, un parquet encrassé, était recouvert d'une couche épaisse de poussière...

«Oh! oh!... murmura Michel. Ici les empreintes sont moins nombreuses! Je tiens peut-être un indice.»

Il s'accroupit et, très attentivement, il examina les traces plus sombres, là où les semelles avaient enlevé la poussière.

«C'est bizarre, se dit-il, on jurerait qu'il y a au

moins deux ou trois empreintes différentes, de taille et de forme, en dehors de nos baskets... »

Il se fouilla en vain. Il n'avait emporté ni stylo ni crayon et aucune feuille de papier non plus.

« Rien à faire pour relever un croquis... mais je reviendrai le plus tôt possible ! C'est trop important ! »

Il allait se redresser, lorsqu'une série de fines rayures, qui se détachaient sur le gris poussiéreux en deux endroits différents, attira son attention.

« Oh là ! murmura-t-il. Ce ne sont pas des traces de pas, j'en suis sûr. On dirait plutôt celles que laisserait du velours côtelé... le velours d'un costume de chasse, par exemple ! »

Une large tache allongée, qui suivait les deux séries de rayures, lui suggéra un corps étendu : le corps de celui qui avait si bien simulé une chute et les avait attirés à l'étage par ses gémissements !

« Un costume de chasse, répéta Michel, pensif. Qui peut bien porter un costume de chasse ? »

Il estima aussitôt qu'une telle question était stupide. Dans un château comme celui-ci, tous les hommes, du comte Hubert au jardinier, devaient porter du velours, à l'occasion.

« Et Monsieur X peut fort bien aussi être quelqu'un de l'extérieur. En somme, je ne suis pas plus avancé qu'avant ma visite. Il ne reste vraiment qu'une piste : Richard de Malivert, le seul qui savait où nous allions, ce soir-là... »

Mais tout de suite une autre question se présenta à son esprit.

« Bon... pour l'affaire du pavillon, c'est compréhensible... Pour le reste, c'est invraisemblable ! Qu'aurait-il été chercher en cachette dans la chambre d'Henriette ? Et pourquoi aurait-il assommé le garde ? »

Une réponse était évidemment possible. C'est

que si le garde avait été en mesure d'apercevoir Richard sortant du jardin de Manise, il aurait parlé, et Richard avait peut-être un secret... »

« Puisqu'il savait qu'Henriette l'attendait ailleurs, à cette heure-là ! »

Michel estima qu'il ne gagnerait rien à rester plus longtemps dans le pavillon de chasse.

« Maintenant, dernière épreuve, se dit-il, regagner la maison sans être vu... »

Il abandonna l'étage, jeta un dernier coup d'œil au rez-de-chaussée et retrouva l'air libre avec plaisir.

« Chou blanc sur toute la ligne, conclut-il. J'aurais bien dû rester au lit comme cette marmotte de Daniel. J'ai bien peur que la seule chose à faire, maintenant, ce soit d'attendre la visite de M. le comte Hubert, une visite pour le moins... *courroucée !* »

Il respira l'air frais à pleins poumons. La forêt, avec ses arbres géants, empreints d'une tranquille majesté, formait un cadre imposant à la propriété des Malivert. Michel admira l'art de l'architecte jardinier qui avait su créer artificiellement un immense parc, en harmonisant les vastes pelouses, les arbres d'essences variées, les bosquets, avec le décor forestier, naturel celui-ci.

Michel se hâta vers la maison de Manise, repris par l'anxiété qu'il ressentait chaque fois qu'il traversait le parc. Parviendrait-il à passer inaperçu encore une fois ? N'était-ce pas imprudent, de sa part, de ne pas faire le grand tour ?

« Oh ! et puis, après tout, je ne commets pas un crime ! pensa Michel. Si Richard est à l'origine de la farce d'hier — et s'il n'est pour rien dans l'affaire du garde —, il n'aura qu'à arranger les choses avec son père ! »

Michel arriva en vue de la maison. Avec ses

volets clos elle offrait l'image de la tranquillité, de la paix...

Mais brusquement, Michel s'arrêta, bouche bée, et chercha le couvert d'un bosquet de noisetiers. A travers le feuillage, il aperçut une silhouette qui se mouvait sur le fond de verdure de la haie.

« Ma retraite est coupée et tous mes chemins pris ! murmura-t-il, parodiant machinalement un vers célèbre. J'ai trop lambiné, c'est ma faute. »

Michel surveilla attentivement les mouvements de l'homme qui se trouvait alors à une cinquantaine de mètres de lui et, tout aussi brusquement qu'il s'était ému, il sourit, soulagé :

« Ouf ! murmura-t-il, ce n'est que Bertin ! Le garage n'est pas loin ! Il aura eu envie, lui aussi, de jeter un coup d'œil sur la scène des incidents de cette nuit ! »

Une seconde silhouette, plus petite celle-là, surgit à son tour.

« Le jardinier en est aussi ! Evidemment ! Tout le personnel du château va défiler ce matin. J'ima-

gine facilement les bavardages, les suppositions... C'est normal, la vie est si calme, ici, d'habitude. Cette histoire-là va causer autant de remous que nous, hier, dans l'étang. »

Michel estima qu'il pouvait se montrer sans crainte. Bertin était un brave homme que Manise appréciait beaucoup.

Il continua donc son chemin et arriva près des deux hommes qui ne l'aperçurent qu'au dernier moment. Sosthène, le jardinier, grommela quelques mots et s'éloigna. A vrai dire, le comportement de l'homme n'étonna pas Michel outre mesure. Le jardinier était un être taciturne, original à plus d'un point de vue. Son visage tanné par le grand air et le soleil était barré par une moustache jaunâtre qui mesurait bien quinze centimètres entre les deux pointes.

Bertin se montra d'une politesse compassée et Michel évoqua l'expression « une tête d'enterrement ».

« Bonjour, monsieur Michel, dit le chauffeur d'une voix grave, sans sourire. Monsieur Michel a passé une bonne nuit ?

— Heu... oui... enfin... c'est-à-dire... »

Bertin détourna un instant son regard, comme s'il était gêné et il hocha la tête.

« Bien désagréable, n'est-ce pas, monsieur Michel, un incident comme celui de cette nuit ?

— Assez, oui,... Est-ce que le père Péronnet est remis de son... accident ? »

Bertin arrondit les sourcils et manifesta par son attitude et par l'expression de son visage un étonnement réprobateur.

« Je crains bien, monsieur Michel, dit-il d'un ton mesuré, qu'il ne puisse être question d'un accident ! Le chien a été touché à la tête et aux reins par des coups très violents, et son maître a été traîtreusement assommé par-derrière!

— Par-derrière? Qui a bien pu faire ça?»

Bertin secoua la tête, d'un air attristé.

«Qui?... Hélas!... il semble certain qu'un seul individu n'a pu à la fois assommer le garde et le chien!»

Ce fut au tour de Michel de manifester un très vif étonnement.

«Ils étaient plusieurs, alors?» demanda-t-il.

Bertin hocha la tête affirmativement, sans regarder en face son interlocuteur. Si bien que Michel commença à ressentir un malaise intense.

«Deux... au moins! dit le chauffeur. D'ailleurs, moi-même, me rendant au garage, hier soir, j'ai aperçu deux silhouettes, quelque temps avant l'affaire... deux silhouettes qui venaient du parc et se dirigeaient vers cette maison. J'ai failli venir voir, tant ces deux silhouettes avaient une démarche suspecte. Et puis, j'ai pensé qu'il s'agissait peut-être de vous, monsieur Michel, et de l'autre jeune monsieur, votre cousin, je crois. Evidemment, je m'étais trompé. J'ai eu tort, voyez-vous, de ne pas suivre ma première intention. Peut-être ne serait-il rien arrivé à ce pauvre Péronnet. Ma présence eût peut-être suffi à empêcher ce malheur, et surtout...»

L'homme s'interrompit pour soupirer, d'un air très accablé, avant de poursuivre :

«... et surtout, j'aurais identifié d'une façon certaine les malfaiteurs, alors que, maintenant, un doute terrible pèse sur vous, monsieur Michel, et sur votre cousin...»

Michel pâlit, le souffle coupé, les jambes molles.

«Un doute? répéta-t-il d'une voix blanche.

— Hélas! monsieur Michel. Je donnerais beaucoup, par respect envers cette bonne Mme Thérais, votre grand-mère, pour que les choses se soient passées autrement!»

Michel, le premier moment de stupeur passé, réagit brutalement. Le feu aux joues, les yeux brillants d'indignation, il s'écria :

«Mais enfin, qui ose nous accuser d'une chose pareille? Qui? Le comte, peut-être?

— Hélas! monsieur Michel, ce n'est pas M. le comte qui s'est permis cette supposition, mais c'est infiniment plus grave. Péronnet lui-même, lorsqu'il est revenu à lui, vous a accusés aussitôt!

— Péronnet? répéta Michel, perdu dans une rêverie peu agréable. Péronnet!... comment peut-il affirmer une chose aussi monstrueuse, un mensonge aussi flagrant!»

Bertin hocha la tête, du même air compassé.

«Hélas! monsieur Michel, je vous assure que je me refuse à le croire.. Mais je suis bien le seul,... à l'exception de M. Richard, aussi, je dois le dire, à ne pas ajouter foi aux accusations de Péronnet.

— Tout le monde, au château, nous croit coupables?

— Mon jeune monsieur... c'est que Péronnet possède des preuves, dit-il, des preuves de votre présence dans le parc hier soir... et même dans le pavillon de chasse!»

Atterré, Michel évoqua aussitôt la boîte d'ampoules flash et le col de son blouson... Il eut tout de suite l'impression que ressentent les innocents lorsqu'ils voient se dresser devant eux un faisceau de présomptions difficilement réfutables : l'impression qu'un mur venait de s'élever autour de lui, contre lequel il lutterait en vain...

« Des preuves... murmura-t-il. C'est absurde... »

Mais au fond de lui-même il éprouvait une sourde angoisse, une flambée d'indignation désespérée qui provoquait le désarroi de ses pensées...

7

Bertin avait l'air aussi « ennuyé » que son interlocuteur. On sentait qu'il n'avait parlé qu'à son corps défendant, par sympathie, pour prévenir les jeunes « messieurs », parce qu'ils étaient les petits-fils de Mme Thérais.

S'il en avait été autrement, il était évident que le chauffeur se fût bien gardé de répéter ce qu'il semblait considérer comme une erreur, donc comme une calomnie.

« Vous savez, monsieur Michel, dit-il, Péronnet a forcément l'esprit un peu dérangé, après le coup qu'il a reçu. Il se peut que vous puissiez sans peine réfuter son affirmation. Je le souhaite vraiment ! »

Michel sourit, d'un sourire très pâle, le sourire d'un garçon qui, en dépit de son malaise, tient à remercier quelqu'un qui cherche à lui venir en aide.

« Mais... ces preuves, demanda-t-il, quelles sont-elles ? »

Bertin haussa les épaules, en signe d'ignorance.

« Hélas! mon jeune monsieur, dit-il, entre Péronnet et moi, il n'y a jamais eu beaucoup de sympathie. Je ne sais les choses que par ouï-dire. M. le comte ne m'a pas fait de confidences et je n'ai pas encore vu M. Richard, ce matin. »

Puis, comme Michel restait muet, plongé dans d'amères réflexions, il ajouta, presque timidement :

« Mais peut-être avez-vous quand même quelque petite idée sur ces preuves? Il se peut que vous ayez commis, votre cousin et vous, quelque imprudence, quelque infraction... Que sais-je? »

Michel fut sur le point de tout raconter à Bertin, de lui demander conseil; une intense lassitude, provoquée par l'émotion, par son réveil matinal aussi, le retint.

« A quoi bon! pensa-t-il. Bertin ne peut m'être d'aucun secours. Si je parle, il parlera peut-être à Richard et l'effet de surprise que je pourrais obtenir en demandant brusquement des explications à celui-ci serait perdu... Mieux vaut attendre une occasion plus favorable. »

Bertin attendait une réponse. Michel hocha la tête.

« Je ne crois pas que les choses se présentent ainsi, monsieur Bertin, dit-il. Je vous remercie de votre sympathie ; je dois rentrer maintenant. Je ne voudrais pas être surpris dans le parc par le comte Hubert! »

Bertin pinça les lèvres — peut-être sa curiosité était-elle déçue — et s'empressa d'affirmer :

« Monsieur Michel peut compter sur ma discrétion. Je ne voudrais à aucun prix ajouter à ses ennuis. D'autant plus que personne ne me demandera si je vous ai rencontré ce matin dans le parc, ni d'où vous veniez; je n'aurai donc pas à mentir. Bonjour, monsieur Michel. Et s'il arrivait que vous estimiez opportun de me demander de vous aider, soyez assuré que je m'efforcerais toujours d'être utile aux petits-fils de Mme Thérais, dans la faible mesure de mes moyens.»

Bertin s'inclina en un court salut très digne et s'éloigna. Michel pénétra dans le jardin, referma la porte de communication et ôta la clef de la serrure.

«Quelle histoire! gémit-il. Quelle histoire!»

Pourtant, au fond de son désarroi, germait déjà la décision de lutter, de ne pas se laisser accuser aussi stupidement.

«A nous deux, monsieur Richard de Malivert! murmura-t-il en gravissant les marches du perron. Il faudra bien que vous preniez vos responsabilités et que vous nous donniez quelques petites explications...»

Animé par cette soudaine résolution, Michel pénétra dans la maison et gagna la cuisine.

«L'émotion, ça creuse! se dit-il. Je ne vais pas attendre ce dormeur de Daniel pour prendre mon petit déjeuner.»

Et calmement, en s'efforçant d'oublier ce qui s'était passé ce matin-là et la nuit précédente, Michel se mit en devoir de se préparer un bon chocolat.

*
* *

Michel achevait la dernière tartine de pain grillé, lorsque la porte de la cuisine s'ouvrit.

Henriette parut, les traits un peu tirés par la fatigue.

«Bonjour, Michel, dit-elle, déjà levé? Bon appétit!

— Bonjour, Henriette. J'ai terminé... je vous cède la place.

— Non, non, restez... j'ai quelque chose d'important à vous dire. J'ai fait une découverte troublante»

Michel faillit s'exclamer «Encore une!» mais il avait la bouche pleine et la simple correction l'en empêcha. Il s'en félicita aussitôt d'ailleurs. Car il aurait fallu expliquer trop de choses à la jeune fille. Des choses qu'elle aurait pu répéter à Richard, ce qui eût été naturel. Mais Michel tenait à ce que Richard ne soit pas trop bien renseigné, avant d'avoir répondu aux questions qui allaient lui être posées.

«Quelle découverte? demanda-t-il. A propos de Monsieur X?

— Je crois, oui...»

La jeune fille ne semblait pas pressée, ni de parler ni de se préparer le breakfast, qu'elle prenait à l'anglaise, comme elle en avait l'habitude, au collège.

Lorsque Michel eut débarrassé la table de son bol, Henriette demanda :

«Je voudrais que vous veniez avec moi voir quelque chose, cela ne vous dérange pas?»

Michel accepta. Lorsqu'ils débouchèrent dans la salle de séjour, Daniel y entrait.

Les traits encore gonflés de sommeil, il se mouvait un peu à la façon d'un somnambule.

«Mon pauvre vieux, s'exclama Michel, mais tu es tombé du lit, ma parole!

— 'jour, Henriette! balbutia Daniel. Z'êtes déjà levés tous les deux? Quelle heure est-il?»

Michel éclata de rire.

«Il est bien six heures et demie. Jamais tu ne te remettras d'un réveil aussi matinal.

— Où vas-tu? demanda Daniel.

— Henriette a quelque chose à nous montrer... tu viens? Si ce n'est pas un trop gros effort. Ménage-toi mon vieux, ménage-toi!»

Daniel décocha un coup de poing maladroit dans l'épaule de son cousin, qui éclata de rire.

«Je viens!» affirma Daniel.

Henriette les précéda dans sa chambre. Et là, elle s'arrêta non loin de la porte pour leur désigner les tableaux.

Les cinq «chefs-d'œuvre» de la comtesse Hortense étaient à leur place et les garçons ne comprirent pas pourquoi la jeune fille les avait entraînés jusque-là.

«Vous ne remarquez rien? demanda-t-elle.

— Si, dit Michel, l'avant-dernier est un peu... bancal.

— C'est vrai, renchérit Daniel, il a plutôt un air penché.

— Vous avez raison, mais, de plus, il n'est pas à sa place!»

Les deux garçons regardèrent plus attentivement. Ils n'avaient jamais prêté une attention spéciale aux tableaux. Leur facture naïve, leurs teintes un peu criardes n'avaient rien qui puisse retenir l'œil autrement que pour une critique indulgente.

«Où était-il donc? demanda Michel en s'approchant.

— Celui qui est actuellement l'avant-dernier devrait être le dernier et vice versa, déclara Henriette.

— Quelqu'un les a donc déplacés?

— Je le crois, oui...»

Michel fronça les sourcils, puis, après un silence, demanda :

«Pardonnez-moi, mais c'est peut-être important... vous le *croyez*? Ou bien vous en êtes *certaine*?»

Henriette n'hésita pas :

«J'en suis certaine, dit-elle. D'autant plus certaine que vous pouvez remarquer que les cinq tableaux constituent une suite, en quelque sorte.

— Une suite... Tiens, tiens... cela devient intéressant!» dit Daniel qui paraissait enfin réveillé.

Les deux garçons s'approchèrent et découvrirent qu'en effet les cinq tableaux constituaient une sorte de symbole : le premier représentait un très jeune enfant jouant le matin; le second le même enfant se rendant à l'école, une école de campagne, nettement visible sur la toile; le troisième représentait le repas de midi, en famille; le quatrième le retour de l'école; le cinquième, enfin, un coucher de soleil éclairant l'enfant recevant une récompense. Le coucher de soleil se trouvait bien en avant-dernière position.

«Donc, il est permis de supposer que Monsieur X a regardé les tableaux?

— Oui, admit Henriette. A moins qu'il n'ait examiné le mur... ou l'envers des tableaux, à la recherche d'un document... J'ai lu plus d'une histoire où il est question d'enveloppe collée à même la toile d'un tableau, au verso.

— Un document... oui, c'est vrai, j'ai lu aussi quelques histoires de ce genre. Avez-vous examiné tous les tableaux vous-même avant ce matin? demanda Michel.

— Non, bien sûr... Je n'avais aucune raison pour ça. Je suppose que la femme de ménage devait bien les épousseter de temps en temps et s'il y avait eu quelque chose de spécial elle n'aurait pas manqué de le remarquer.

— Hum!... oui, admettons. Vous permettez que nous examinions un peu l'envers de ces toiles?

— Faites... d'ailleurs, je vais vous aider.»

Les tableaux furent décrochés, un par un, et soigneusement examinés Pour plus de certitude, Daniel et Michel séparèrent même les cadres des châssis. En dépit d'un examen minutieux, ils durent s'avouer que rien ne justifiait l'intérêt de Monsieur X pour ce qu'ils appelaient, entre eux, des « croûtes ».

« Donc, ce n'est pas pour les tableaux eux-mêmes que Monsieur X les a déplacés, conclut Daniel.

— Hé là! Pas de conclusions hâtives! protesta Michel. Disons que nous ne découvrons rien de particulier sur les tableaux, pour le moment. Mais il se peut aussi que tu aies raison. Donc, Monsieur X a pu décrocher les tableaux pour sonder les murs!

— Sonder les murs? balbutia Henriette. Pourquoi? »

Michel éclata de rire, devant la naïveté d'une telle question.

« Si nous pouvions répondre à votre question, Henriette, dit-il, je crois que nous saurions aussi qui est Monsieur X. Parce que pour connaître l'existence d'une chose secrète dans cette maison, il faudrait que ce soit quelqu'un de la famille de Malivert, ou quelqu'un qui ait été en contact avec elle.

— Vous voulez dire, les domestiques?

— Peut-être... ou des parents de la comtesse Hortense. »

Henriette se passa la main sur le front. Elle semblait vivre un mauvais rêve.

« Mon Dieu! dit-elle, je n'aime pas beaucoup ça! Je vais avoir des cauchemars, maintenant. Est-ce que nous ne pourrions pas sonder les murs, nous aussi? Si nous arrivions à découvrir ce que cherche Monsieur X et à le faire savoir, il cesserait peut-être de nous importuner?

— Ce n'est pas une mauvaise idée, convint Michel. Sondons les murs!

— Hé! Je n'ai pas déjeuné, moi! protesta Daniel.

— Déjeune, mon cher, déjeune! Je commencerai sans toi. Tu viendras m'aider dès que tu auras fini.

— Je vous accompagne, dit Henriette. Encore que je n'aie pas très faim... »

Resté seul, Michel entreprit de sonder le mur. Il tapotait avec un petit marteau, cherchant à « entendre » un son différent, qui annoncerait la présence d'une cavité, peut-être, ou d'un coffre scellé et dissimulé sous le papier peint.

« Je me demande si je ne suis pas en train de perdre mon temps! » se répétait-il, en avançant lentement dans ses recherches.

Il n'avait sondé qu'un peu moins du quart de la surface du mur, lorsque Daniel et Henriette vinrent le rejoindre. Les trois jeunes gens se partagèrent la besogne et les recherches reprirent de plus belle.

« Il y a tout de même une conclusion qui

s'impose, dit Michel. Pour pénétrer ainsi dans la maison, il fallait que le visiteur sache de façon certaine qu'elle était vide, et de plus il fallait qu'il ait un intérêt puissant. Sinon, en sortant d'ici il n'aurait pas assommé le garde et le chien au risque de les tuer!»

Henriette dut abandonner les recherches. En l'absence de Manise, elle avait à jouer un rôle important : celui de maîtresse de maison. Et ce rôle l'obligeait à songer au déjeuner et à faire quelques courses en ville.

«Je pense que Bertin ne va pas tarder, dit-elle. Je profiterai de la voiture pour me rendre en ville. J'ai quelques commissions à faire. Vous n'avez besoin de rien de spécial?

— Heu... si! répondit Michel, en riant. Une baguette de sourcier pour la recherche du trésor.»

Henriette éclata de rire, mais, chose curieuse, elle redevint soudain très grave. Elle parut hésiter, puis elle déclara :

«Je me suis demandé bien des fois, depuis hier soir, dit-elle, si ce n'est pas de cela qu'il s'agit, en fait. Vous n'ignorez pas qu'il n'a été trouvé aucune trace de la fortune de ma grand-tante Hortense. Tout le monde a supposé qu'elle en avait fait don à de bonnes œuvres... mais ce n'est qu'une supposition. Comment savoir ce qui a pu se passer dans son esprit, à la fin de sa vie?

— Vous supposez qu'elle aurait dissimulé cette fortune? demanda Daniel.

— Je ne suppose rien de ce genre, Daniel, répondit calmement la jeune fille. Et cela me serait bien égal, au fond, s'il n'y avait pas la mystérieuse curiosité de Monsieur X.

— S'il existe un trésor, nous le trouverons!» affirma Michel, avec une gravité nettement exagérée, trop nettement exagérée pour être prise au sérieux.

«Je ne souhaite qu'une chose! conclut Henriette. C'est que le calme et la paix reviennent dans cette maison.

— Nous y veillerons! déclara Daniel.

— Sans dormir!» renchérit malicieusement Michel.

Mais la jeune fille n'avait pas plus tôt quitté la pièce que Michel perdit son apparente gaieté.

«Ecoute, Daniel, je n'ai rien voulu dire devant Henriette. J'ai appris un certain nombre de choses, ce matin, à propos de l'histoire d'hier. Des choses pas amusantes du tout. Et même très graves. Imagine-toi que je me suis rendu ce matin au pavillon de chasse...»

Et Michel raconta dans le détail son expédition matinale, ses remarques, ses découvertes et aussi la conversation avec Bertin.

«Ça alors! s'exclama Daniel quand son cousin eut fini. J'ai bien l'impression que nous sommes dans de beaux draps! Avec ton envie de photographier les biches... on peut dire que tu as mis dans le mille!»

A ce moment précis, la sonnerie de l'entrée retentit. Les deux cousins se regardèrent, haussèrent les épaules d'un air résigné et Michel déclara :

«Je crois bien que le troisième épisode de notre histoire est sur le point de commencer!»

8

Les deux garçons allèrent ouvrir la porte d'entrée et s'effacèrent devant le visiteur... le comte Hubert de Malivert en personne.

« Monsieur le comte ! dit Michel, très ému.

— Monsieur le comte ! » fit Daniel, en écho.

Le comte les regarda, l'air impassible. De taille moyenne, il n'était pas plus grand que les garçons. Une calvitie précoce faisait briller un crâne rond et rose, sur lequel quelques cheveux traçaient des parallèles brunes. Une moustache abondante, taillée en brosse, soulignait un nez charnu un peu long.

Les joues étaient rouge brique, de ce rouge que l'on dit typiquement britannique, et qui est l'apanage des épidermes cuits par le soleil et le grand air, quand ils ne peuvent plus brunir.

Le comte portait un costume de chasse de velours marron, dont la seule fantaisie était certainement la rangée de boutons d'argent, dont chacun représentait un animal différent. Michel remarqua que l'un des boutons, celui du bas, manquait.

Le bas de la culotte de velours était emprisonné dans des guêtres de toile beige, à gros grain. Le visiteur tenait à la main un chapeau tyrolien.

« Puis je entrer ? demanda-t-il d'un ton d'une froide politesse.

— Je vous en prie, monsieur le comte », répondit Michel qui, comme toujours au moment de l'action, recouvrait son sang-froid. « Je vous en prie. Mon cousin et moi, nous vous attendions. »

Cette affirmation surprit visiblement le comte. Il fronça les sourcils et suivit les garçons qui, l'un précédant, l'autre suivant, l'introduisirent dans la salle de séjour.

« Si vous voulez vous donner la peine de vous asseoir », proposa Michel en avançant un fauteuil.

Mais le comte refusa d'un geste.

« Je crains que ma visite ne soit pas tout à fait une simple visite de bon voisinage, dit-il, et je vous saurais gré de m'épargner les manifestations d'une civilité dont l'exagération me paraît friser l'insolence... »

L'homme parut très satisfait de sa sortie, prononcée sur un ton glacial.

« Vous m'attendiez, dites-vous, reprit-il. Je n'en serai donc que plus à l'aise pour vous annoncer qu'en raison des événements d'hier soir, il me semble utile de remettre l'affaire entre les mains de la justice. Vous vous êtes rendus coupables, à tout le moins, d'une violation de domicile... et cela en dépit des accords intervenus entre Mme Thérais et moi-même. En particulier au sujet de la condamnation de cette porte qui fait communiquer le jardin de cette maison et mon parc. »

Le comte se redressa de toute sa taille et il ressembla un instant à ces coqs merveilleux qui s'apprêtent à lancer un cocorico sonore. Michel et Daniel furent même un peu étonnés, au fond, que la chose ne se produisît point. Le visiteur semblait attendre une réponse qu'il aurait pu repousser ou utiliser pour une contre-attaque.

Mais les garçons préférèrent le laisser parler. La scène était étrange, de ces deux garçons et de cet homme, debout au milieu de la salle de séjour.

« De plus, reprit le comte, je possède deux preuves de votre présence chez moi. Deux preuves que vous avez tenté de reprendre à mon garde-chasse, par la force, mais en vain. Grâce au chien, vous n'avez pas pu fouiller votre malheureuse victime. Quand je pense que vous avez osé frapper un chien de pure race sur la tête et sur les reins au risque de le tuer ou de le rendre infirme pour toujours ! Pyrrhus est une bête remarquable, qui a son pédigree et qui a gagné trois médailles dans les concours où il a été présenté !

— Pardon, monsieur le comte, répliqua Michel avec une suave politesse. Vous avez deux preuves de notre présence... chez vous, soit. Ni mon cousin ni moi-même ne songeons à nier que notre intention était de prendre une photographie des biches s'abreuvant dans l'étang du Rond-Royal, mais auriez-vous aussi une preuve formelle de notre culpabilité en ce qui concerne l'agression dont le garde Péronnet a été victime ?

— Le témoignage de la victime elle-même suffira, sans doute, à éclairer la justice. J'ajoute d'ailleurs que cette affaire ne me concerne plus. Mon propos, en venant ici, est de vous avertir loyalement que je vais, de ce pas, déposer une plainte au nom de Péronnet.

— Faites, monsieur le comte, répliqua Michel.

Devant une accusation aussi absurde, nous n'avons qu'un désir, c'est que justice soit faite! Nous ne pensions pas réellement commettre un acte répréhensible en utilisant pendant quelques minutes votre pavillon de chasse *abandonné.* J'avoue que nous nous sommes rendus coupables d'un certain... sans-gêne, évidemment, et je vous fais toutes nos excuses. Pour le reste, je préfère attendre les résultats de l'enquête.»

Le comte respira très fort. Son visage vira au rouge lie-de-vin.

«J'ai le regret de constater, mon jeune ami, dit-il d'une voix sifflant de colère contenue, que ce n'est pas la vergogne qui vous étouffe. Vous présentez les choses avec une désinvolture certaine. Nous verrons comment vous réagirez lorsque les gendarmes viendront vous interroger. Je doute qu'ils aient ma patience et ma mansuétude!»

Le comte, essoufflé, s'efforça pourtant de retrouver un peu de calme.

«Puisque vous avez la langue aussi bien pendue, jeune homme, dit-il, pourriez-vous me préciser un seul point, mais qui, pour moi, a son importance : je veux dire, comment se fait-il qu'à votre premier séjour ici vous soyez déjà au courant d'un fait aussi particulier que cette habitude des biches de boire dans l'étang du Rond-Royal?»

Michel faillit répondre qu'il devait le renseignement à Richard, mans il sentit le danger. C'était sans doute la réponse qu'espérait le comte. Il était difficile de l'imaginer — et le garçon décida de ne pas lui donner satisfaction de ce côté-là.

«Mon Dieu, monsieur le comte, vous ne trouverez certainement pas étrange que ma grand-mère ait été au courant de ce fait... depuis longtemps déjà!»

Ce qui signifiait, en clair, que Mme Thérais

avait habité le château de Malivert *avant* le comte. Ce rappel ne fut pas du goût de celui-ci, sans doute, car il n'insista pas.

«Eh bien, messieurs, je vais prendre congé. En portant les pièces à conviction à la gendarmerie, je suis certain que ces messieurs apprécieront...»

Le comte traversa dignement la salle de séjour et gagna la sortie, suivi, à distance, par les garçons à la fois indignés et penauds.

«Je le retiens, le troisième épisode, murmura Daniel. Nous sommes bel et bien accusés, officiellement cette fois!

— Oui, mais comme nous ne sommes pas coupables, inutile de tendre nos poignets aux menottes de ces messieurs, riposta Michel.

— Si seulement nous avions un indice! gémit Daniel. Malheureusement nous n'avons que notre pauvre vérité à opposer aux accusations du garde assermenté Péronnet.

— Hé! Un indice! mais j'en ai... nous en avons! Tu as bien fait de parler de ça! Et c'est même le moment!»

Daniel, un peu interloqué par le soudain enthousiasme de son cousin, ne sut que répéter :

«C'est le moment... *le moment de quoi?*

— Mais de recueillir les indices! Si M. le comte de Malivert s'imagine que nous allons attendre sagement que les gendarmes viennent nous interroger, il se trompe. Il se trompe même grossièrement. Allez Daniel, on stoppe le sondage. Et on file!

— Où ça?

— Au pavillon de chasse, mon vieux, au pavillon de chasse où existe la plus belle collection d'empreintes de pieds que j'aie jamais vue! Dont celles de Monsieur X sans aucun doute.»

Daniel, de plus en plus éberlué, regardait son cousin d'un œil sombre.

« Et c'est le moment ! Puisque le garde Péronnet doit sûrement "récupérer" après son K.-O. d'hier soir, puisque le comte est sur le chemin de la gendarmerie, nous ne risquons aucune mauvaise rencontre. Viens ! »

Michel chercha quelques feuilles de papier et un crayon. Il écrivit un mot d'excuse pour Henriette :

« Nous revenons ! »

Il ajouta, pour Daniel :

« D'ailleurs, nous serons de retour ici avant Henriette, c'est certain. Filons ! »

*
* *

Pour la troisième fois, en quelques heures, Michel aborda le pavillon de chasse.

« Et cette fois, nous ne reviendrons pas bredouilles ! » dit-il à son cousin en pénétrant dans la salle du rez-de-chaussée.

Les deux garçons ne firent qu'un saut jusqu'à l'étage. Daniel, entré le premier dans la pièce, examina aussitôt le parquet...

« Mais, s'exclama-t-il, qu'est-ce que tu me chantes, Michel ? Où sont tes fameuses empreintes ?

— Hein ? Quoi ? Elles crèvent les yeux !... »

Michel resta stupéfait : le parquet n'offrait plus aucune empreinte visible... *il avait été balayé !*

« Ça, alors ! C'est le comble ! murmura-t-il, découragé. Plus d'empreintes... l'indice qui s'envole. Je commence à croire que tu avais raison ce matin, nos draps sont de plus en plus beaux ! »

Tout à coup, Michel parut se ressaisir.

« Oh ! que si, j'ai un indice ! s'écria-t-il. La serrure et les gonds graissés. Ça compte, quand même, ça, pour établir la préméditation!»

Mais, avant d'être arrivé devant la porte du réduit, il sut que Monsieur X avait gagné, là aussi.

La porte du réduit était entrouverte... *et la serrure neuve avait disparu!*

Un rapide examen de la porte révéla que leur adversaire avait pris aussi d'autres précautions : les gonds avaient été soigneusement essuyés, ainsi que les traces grasses sur le bois. L'on avait poussé l'astuce jusqu'à frotter ces traces avec de la poussière.

«Eh bien, mon vieux, constata Daniel, toi qui affirmais que, cette fois, nous ne serions pas bredouilles...»

Michel ne répondit pas. Il examinait l'emplacement de la serrure.

«*Il* a pensé à tout, déclara-t-il. *Il* a même rebouché les trous de vis avec des chevilles de bois. On jurerait que ces chevilles sont là depuis des années!

— Tu sais ce que je pense, Michel? intervint Daniel. Si nous voulons faire échec aux entreprises de Monsieur X, il va falloir jouer serré!

— Plutôt, oui! Il ne laisse rien au hasard, cet homme-là. Il a l'air doué d'un joli sang-froid. Ce doit être quelqu'un de très intelligent!»

Ces paroles évoquèrent aussitôt, pour les deux garçons, l'image de Richard de Malivert, cet ingénieur savant, plongé dans des recherches coûteuses, incompris de son père, le comte Hubert, qui lui mesurait les subsides...

Qui sait si Richard, justement, négligeant l'idée généralement admise du don de sa fortune aux bonnes œuvres, fait par la comtesse Hortense, n'était pas à la recherche de cette fortune?

Qui pouvait dire si le hasard n'avait pas mis

entre les mains de Richard quelque indication sur l'existence d'une cachette «au trésor»?

Ce n'était que des suppositions, bien sûr, mais elles éclairaient les événements mystérieux de ces dernières heures d'un jour bien tentant.

Sans vouloir affirmer qu'il en était ainsi, les garçons étaient bien obligés de se contenter de raisonner sur les quelques faits en leur possession. Et ces faits se résumaient à ceci : Richard leur avait conseillé de se rendre au pavillon de chasse pour prendre cette photo : Richard n'était pas au rendez-vous d'Henriette; Richard avait risqué d'être reconnu par le garde-chasse. Affolé, il avait réagi brutalement.

Maintenant, il s'acharnait à détruire tous les indices pouvant mener jusqu'à lui...

«Notre seule chance, affirma Michel avec force, c'est de parvenir à harceler notre homme au point de lui faire perdre son sang-froid et de l'amener à se trahir.

— Tu as raison, Michel... harceler, harceler! Harcelons! Mais... *qui?* Et surtout comment?»

9

Le mystérieux Monsieur X possédait un visage — du moins les garçons espéraient-ils ne pas se tromper —, celui de Richard de Malivert.

Une chose les gênait terriblement : l'affection qu'Henriette portait à son cousin. S'ils découvraient que ce cousin était coupable des actes dont on essayait de les accuser, la jeune fille en éprouverait sans doute un grand chagrin. Mais ne valait-il pas mieux, justement, démasquer Richard afin qu'Henriette n'eût pas, trop tard, à se repentir de son choix ?

Michel entraîna son cousin. Les deux garçons regagnèrent la maison de Manise en faisant, cette fois, le tour par la forêt et la route nationale.

Henriette n'était pas encore revenue lorsqu'ils pénétrèrent dans la maison.

« Que faisons-nous ? demanda Michel. On continue à sonder le mur ?

— Sondons-nous ou ne sondons-nous pas? plaisanta Daniel. Là est la question!

— Sondons! Même si nous ne trouvons rien, ce sera quand même un élément positif. Nous saurons que ce n'était pas pour le mur que Monsieur X a décroché les tableaux mais... pour les tableaux eux-mêmes,... peut-être!»

Henriette les surprit en train de tapoter les derniers mètres carrés du mur

«Encore! Vous êtes des monstres de patience, tous les deux! s'écria-t-elle. Je vous laisse, je vais préparer le déjeuner.»

Les garçons achevèrent leur besogne et se regardèrent :

«Conclusion : les tableaux intéressent Monsieur X, affirma Michel.

— Il a peut-être trouvé ce qu'il cherchait?

— Espérons que non... sans cela nous risquons fort de ne jamais savoir qui il est!»

Les garçons considérèrent encore une fois les tableaux à mesure qu'ils les raccrochaient à leur place.

«Dis, Michel, s'il y avait un sens caché, dans le fait que les cinq sujets constituent une suite? proposa Daniel.

— Peut-être, mais il est bien caché!

— C'est pourtant les tableaux que Monsieur X tripotait hier...

— Justement, tu me donnes une idée.

— Très heureux, mon vieux. Laquelle?»

Michel s'approcha de la porte-fenêtre, contempla un instant le parc, puis fit demi-tour pour revenir vers son cousin.

«Supposons que nous ne nous trompons pas et que, d'une manière ou d'une autre, ce sont les tableaux qui intéressent notre homme.

— Vu!

— Nous parlions tout à l'heure de harceler Monsieur X. Les tableaux seraient alors un excellent appât pour un piège!

— Je continue à te suivre. *Re*-vu!

— Reste à trouver le piège.

— Comme tu dis... Un piège à loups, peut-être...

— Idiot! grommela Michel. C'est sérieux, mon vieux. Nous sommes bel et bien accusés de coups et violences!»

Ce rappel, en dépit du ton léger sur lequel il fut prononcé, résumait bien la situation. Daniel redevint sérieux.

«Comment espères-tu harceler Monsieur X à l'aide des tableaux?

— Je ne sais pas encore, mais il me semble que cela doit être possible. Il suffit de réfléchir!

— Il suffit de... Il faut que... C'est facile à dire!»

Les deux cousins réfléchirent.

«Moi je pense, proposa Daniel, qu'il faudrait mettre les tableaux à l'abri de la curiosité de Monsieur X.

— Excellente idée! Autrement dit, leur trouver une cachette inexpugnable!

— Hé? Comment as-tu dit ça? Inex... quoi?

— Pugnable! Imprenable, si tu préfères.

— Je préfère. Mais...

— Attends, je crois que j'ai trouvé!»

Michel arpentait maintenant fiévreusement la chambre. Il se frappait la paume de la main gauche de son poing droit fermé. Ce qui était chez lui le signe d'une grande excitation.

«Tu as trouvé la cachette? demanda Daniél.

— Mieux que ça, mon cher, le moyen de savoir si Richard est Monsieur X!

— Non? Ce serait formidable! Quel est ton plan?

— Nous parlons de dissimuler les tableaux... bon! Nous cherchons une cachette...

— Bon! ajouta Daniel pour plaisanter.

— Eh bien, nous allons confier les tableaux à Richard, tout simplement!»

Daniel arrondit les sourcils, plissa le front, ouvrit la bouche et ne put que s'exclamer :

«Quoi! C'est ça, ton truc?

— Parfaitement...

— Tu veux lui donner le temps d'accomplir en toute tranquillité ce qu'il était venu faire ici hier peut-être?

— Tu as raison, ça ne colle pas! Je voulais faire un paquet des tableaux. Un paquet bien ficelé, avec une marque pour voir s'il essaierait de l'ouvrir... mais...»

Un instant assombri, le visage de Michel rayonna de nouveau :

«Youppi! clama-t-il. Formidable, mon vieux! Formidable!»

Daniel, un peu sceptique, demanda :

«Aussi formidable que le premier truc, peut-être?

— Infaillible, tu vas voir!»

Michel expliqua son idée.

«Nous avons décidé de harceler. Nous supposons que Richard peut être l'homme à harceler. Imagine que nous lui confions un paquet... ressemblant à un autre paquet qui aurait contenu les cinq tableaux sans leur cadre

— Je ne suppose pas, je ne comprends pas... pourquoi... ressemblant?

— Laisse-moi terminer... Nous fabriquons deux colis : l'un avec les tableaux, l'autre avec n'importe quoi dedans mais de la même forme, des mêmes dimensions et du même poids que le vrai colis...

— Et nous donnons le faux colis à Richard? Compris!»

Michel sourit.

«Que fait Richard? Il essaie de poursuivre ses recherches de la nuit précédente, et... en ouvrant le paquet il ne trouve que des morceaux de bois... Il sait alors que nous avons encore les vrais tableaux. Sa réaction nous apprendra s'il est coupable ou non!

— Bien sûr, si, une fois qu'il a le colis, il proteste ou continue à chercher, nous saurons que c'est lui Monsieur X.

— C.Q.F.D.! Au travail!»

La porte de la chambre s'entrouvrit et Henriette apparut :

«A table, les garçons!»

Puis elle ajouta :

«Vous n'avez rien trouvé, bien entendu?»

Force fut aux garçons de reconnaître l'échec du sondage.

«Mais nous avons eu une autre idée! s'exclama étourdiment Daniel.

— Oui... nous allons vous expliquer ça, lorsque nous serons à table, intervint aussitôt Michel. Viens, Daniel. On va se laver les mains.»

Les deux garçons gagnèrent le lavabo.

«Si tu veux que notre plan réussisse, il faut qu'Henriette croie aussi que le paquet que nous allons remettre à Richard contient les tableaux. Sinon, Richard pourrait être averti par elle et tout serait à recommencer.»

*
* *

Henriette avait été d'accord, sans hésiter.

«Une fois les tableaux hors de ma chambre, je suppose que je connaîtrai de nouveau la tranquillité, soupira-t-elle. Nous pourrions demander à Richard de dissimuler le colis dans son laboratoire. C'est un endroit sûr, bien fermé.»

Les garçons entreprirent donc de faire ce qu'ils avaient projeté. Ils emportèrent les toiles dans l'atelier du sous-sol, pour confectionner un paquet.

Pendant une heure, ils mesurèrent, scièrent, pesèrent et finalement emballèrent. Lorsqu'ils eurent terminé, ils se trouvaient en possession de deux colis plats, rectangulaires, d'un poids sensiblement identique, et enveloppés de papier gris.

L'un contenait les cinq «chefs-d'œuvre» de la comtesse Hortense. L'autre, des cadres en bois de caisse, lestés de ferraille.

«Reste maintenant à trouver une cachette pour les tableaux, murmura Michel.

— Pour l'instant, ils ne risquent rien, ici, sous de vieux sacs», affirma Daniel.

Les deux garçons dissimulèrent le vrai colis de tableaux et gagnèrent le rez-de-chaussée avec le colis piège.

Henriette était en train de téléphoner. A la vue des cousins, elle ajouta, à l'intention de son interlocuteur :

«Eh bien, vous pouvez faire prendre le colis quand vous voudrez, il est prêt! Oui, je crois que c'est une bonne chose. Oui, c'est préférable. Il est inutile de lui dire ce que contient le colis. A ce soir... comme d'habitude... Au revoir!»

La jeune fille se retourna vers les garçons.

«Bertin va venir prendre le colis tout de suite pour le porter dans le laboratoire de Richard. Il ignorera, bien entendu, qu'il s'agit des tableaux.»

Elle sourit, et ajouta :

«Je me sens très soulagée, réellement!»

Michel se garda bien de lui faire remarquer que

tant que Monsieur X — s'il n'était pas Richard — ne saurait pas que les tableaux n'étaient plus dans la chambre, le danger resterait exactement le même!

*
* *

Bertin, en valet bien stylé, vint chercher le colis avec autant de respect, de bonnes manières, que s'il se fût agi de quelque châsse renfermant des reliques.

Lorsqu'il fut parti, Henriette gagna sa chambre pour mettre à jour sa correspondance.

Restés seuls, les deux garçons retournèrent au sous-sol et délibérèrent sur la meilleure manière de dissimuler les tableaux.

« Il me semble que la vieille serre ne serait pas mal, suggéra Daniel. Personne n'aura l'idée d'aller les chercher là-bas!

— Hum... peut-être un peu humide, non?

— Mais nous n'allons pas les y laisser longtemps! Si Monsieur X est entré en action, il ira jusqu'au bout, du moins on peut le supposer.

— L'espérer, oui...

— Si tu veux. De plus, rien ne nous empêche d'utiliser une feuille de plastique pour faire un emballage étanche.

— Bon, tu as raison, au travail! »

Mais une feuille de plastique assez grande pour envelopper le colis, ils n'en trouvèrent pas. Daniel découvrit pourtant une vieille toile cirée qui leur parut propre à isoler suffisamment l'emballage.

Le colis fut prêt rapidement.

« On le porte tout de suite... ou on attend ce soir? demanda Daniel.

— Je propose une reconnaissance maintenant, et le dépôt du colis ce soir, à la nuit tombée, c'est plus sûr! »

Ils quittèrent le sous-sol. Un escalier extérieur, normalement fermé par deux volets de bois, recouverts de zinc, leur permit de sortir dans le jardin sans passer par le rez-de-chaussée.

La vieille serre, nichée au creux d'un fouillis d'arbustes, n'était plus guère visible que par son toit. Des paillassons décousus, gris de vétusté, s'étalaient encore sur les vitres.

La porte n'en était pas fermée, mais elle opposa une forte résistance aux efforts des garçons pour l'ouvrir en grand. Il fallut utiliser une barre de fer comme levier pour parvenir à la faire tourner sur ses gonds.

A l'intérieur, une odeur de moisissure, d'humidité assaillit les visiteurs. Une allée traversait la serre d'une extrémité à l'autre. De chaque côté, posés sur de longues tables, des bacs de terreau supportaient une végétation folle, mais desséchée depuis longtemps.

Sous ces couches, des piles de vieux pots à fleurs, des caissettes vermoulues, des outils de jardinage formaient le plus complet bric-à-brac qu'il fût possible d'imaginer.

« Parfait ! murmura Michel, parfait !

— Tu sais ce que nous devrions faire ? demanda Daniel en baissant la voix.

— Vas-y !

— Nous devrions simuler un soudain intérêt pour le jardinage, défricher une partie de la couche et y semer ou y repiquer quelques plantes.

— Pourquoi ?

— Tiens... nous pourrions comme ça surveiller la serre et la cachette, avec un alibi tout trouvé. Personne n'ira soupçonner que si nous nous intéressons brusquement à la serre, c'est pour une autre raison.

— Je vois... Evidemment, je ne pense pas que

nous ayons besoin longtemps de cet alibi, mais on ne prend jamais assez de précautions, après tout.

— Je me sens une âme de planteur!» assura Daniel.

*
* *

Bien que leur vocation fût seulement suscitée par les circonstances, Michel et Daniel s'amusèrent beaucoup à défricher les bacs à terreau.

« Il y a de la poésie, mon vieux, dans ce vieux terreau brun, moelleux, prêt à donner la vie à ce que nous voudrons lui confier! s'exclama Daniel, lorsqu'ils eurent nettoyé et ratissé tout un côté de la serre.

— Hum!... c'est une poésie moderne, en tout cas, riposta Michel en riant. Poésie odorante, collante et tout. J'en ai plein les doigts et sous les ongles... de la poésie!

— Et alors? Le peintre sent la peinture. Le sculpteur s'écorche les doigts au marbre.

— Et le littérateur boit de l'encre, non?

— Plus depuis le stylo à bille!

— Trêve de plaisanterie! Si nous aménagions la cachette pour n'avoir pas à rester trop longtemps ce soir?... Dans le noir, ce ne sera pas commode, dit Michel.

— D'accord, il n'y a qu'à dégager un espace derrière les pots à fleurs et préparer quelques caissettes que nous placerons sur le colis. »

Un quart d'heure plus tard, les cousins émergeaient de la serre, le visage marqué par la sueur et par... le terreau.

Ils se hâtèrent de faire disparaître les traces trop visibles de leurs occupations en procédant à une toilette rapide.

Le soir, pendant le dîner, ils parlèrent de leurs

projets de plantation et de la surprise que Manise en éprouverait.

« C'est un excellent projet, déclara Henriette. On a toujours tort de laisser à l'abandon une chose aussi utile qu'une serre ! »

Mais la conversation revint bientôt à ce qui préoccupait tout le monde.

« Ne pensez-vous pas que nous devrions envisager le retour possible de Monsieur X, cette nuit ? suggéra Henriette.

— Cette nuit... c'est assez improbable ! estima Michel. Après les incidents d'hier, je suppose que Monsieur X ne doit pas tellement tenir à se manifester. Il doit bien penser que nous sommes sur nos gardes.

— Quand même ! protesta la jeune fille. Je serais plus rassurée si nous faisions comme s'il devait revenir. »

Michel hésita, parut très embarrassé, puis, soudain, se décida :

« Pardonnez-moi, Henriette, dit-il, mais... est-ce que vous sortez, ce soir ?

— Un moment, oui, répondit la jeune fille, sans paraître autrement gênée.

— Donc, il faut que nous restions ici. Nous vous attendrons et lorsque vous serez rentrée, nous barricaderons la porte d'entrée, comme hier.

— Parfait ! Je sens que je vais dormir un peu mieux cette nuit ! »

*
* *

Pour tromper leur impatience, Michel et Daniel avaient entamé une partie d'échecs. Dès le départ d'Henriette, ils avaient porté le colis de tableaux dans la serre, sous un bac, derrière une murette de pots à fleurs, sous des caissettes.

Dans la salle de séjour, tous volets bien clos, ils pouvaient s'adonner en toute tranquillité au jeu.

Pourtant, en dépit de leur apparente sérénité, un malaise persistait en eux. Un malaise auquel une réflexion de Michel donna libre cours.

«Je suppose que, demain, nous aurons la visite de ces messieurs de la gendarmerie, dit-il.

— J'y pensais... Que leur dirons-nous?

— Je pense que c'est là le problème! Faut-il raconter les incidents du pavillon de chasse, la mise en scène dont nous avons été les victimes?...

— Aucune preuve, mon vieux. Nous n'en avons pas l'ombre d'une!

— C'est bien ce qui m'ennuie. Je crains que l'affaire ne se limite pour nous à l'agression du garde-chasse... c'est-à-dire à notre présence... irrégulière, dans le parc. Et contre le témoignage d'un garde assermenté, je ne crois pas que notre parole pèsera lourd!

— Et si nous allions voir le père Péronnet, dès demain matin? Il faudra bien qu'il admette que nous sommes de bonne foi?

— Ce n'est pas une mauvaise idée! Et comme nous n'avons rien à perdre, dans cette démarche, nous...»

Il n'acheva pas; la sonnerie du téléphone retentit, brutale, stridente...

Les deux cousins échangèrent un regard et se levèrent en même temps.

Ils se précipitèrent vers l'appareil et Michel décrocha. Daniel s'empara de l'écouteur.

«Allô», dit Michel.

Il y eut un très court silence, comme si l'interlocuteur hésitait.

«Allô... c'est Michel? demanda une voix d'homme, aussi faible qu'un murmure. Ici, Richard... vous m'entendez?

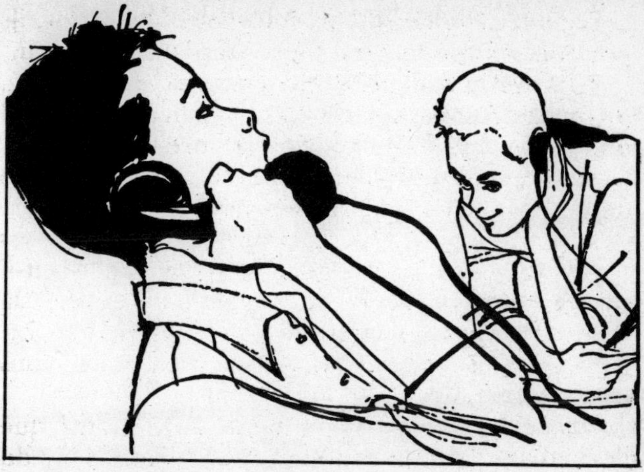

— Oui, je vous entends.

— Voilà, c'est urgent! J'ai du nouveau... dans l'affaire qui vous concerne.»

Michel regarda Daniel. Celui-ci agita la main dans un geste d'exultation. Tous deux pensèrent en même temps que leur piège commençait à fonctionner.

«Oui, et quoi donc?

— Impossible de vous dire ça au téléphone. Venez me voir, tout de suite, tous les deux. Je suis au laboratoire...»

Michel consulta Daniel du regard. Celui-ci baissa les paupières et hocha la tête en signe d'acquiescement.

«Eh bien, c'est entendu, nous arrivons!

— Passez par l'allée latérale, je préfère, murmura encore la voix.

— Bien sûr. A tout de suite!»

Michel raccrocha.

«Je n'en espérais pas tant! dit-il en se frottant les mains.

— Donc, Monsieur X est bien Richard. Il aura ouvert le colis...

— Je parie qu'il va nous monter tout un scénario pour nous expliquer sa découverte : il aura déchiré le papier, sans le vouloir, etc.

— Alors... on y va?»

Mais Michel ne paraissait plus aussi enthousiaste.

«Qu'est-ce que tu as? demanda Daniel, tu hésites, maintenant?

— Hum... et si c'était un appel "bidon"?

— Quoi?

— Je veux dire... un appel destiné à nous faire sortir de la maison, comme hier... pour donner le temps à Monsieur X de venir chercher les tableaux?

— Tu crois qu'il emploierait la même astuce? Quand même! Il est plus intelligent que ça!

— Justement... il s'imagine peut-être que nous ne soupçonnerons rien, en recommençant un truc aussi simple. C'est une bonne ruse!

— Alors, on n'y va pas?

— Si, mais l'un de nous restera ici. C'est peut-être la meilleur chance que nous ayons de surprendre Monsieur X en flagrant délit!

— On tire au sort, alors.

— D'accord!»

Le tirage au sort désigna Daniel pour aller retrouver Richard.

«Tu ne sais rien, expliqua Michel. Tu ne comprends rien à la substitution des tableaux!

— Compte sur moi. Je vais être la stupidité personnifiée.

— Tu n'auras pas beaucoup à forcer ton personnage... au fond!» plaisanta Michel.

Il esquiva le coup de poing que Daniel lui décocha, en riant.

« Heu... reprit Michel, tu ferais peut-être bien de te munir d'un gourdin... pour le cas où un autre chien aurait été lancé dans le parc... ce serait prudent. Le temps que le chien mordillera le bâton, c'est autant de gagné, si tu avais à fuir!

— Bonne idée... Ça ne vaut pas un bifteck, mais enfin... Au fait, où est la clef du jardin ?

— Celle de la porte de communication ? Elle est accrochée près de la fenêtre du sous-sol. Je t'accompagne, je refermerai la porte derrière toi. »

Quelques minutes plus tard, Daniel s'enfonçait dans le territoire de chasse de l'ennemi... c'est-à-dire dans le parc du château de Malivert.

10

Resté seul, Michel referma les panneaux recouverts de zinc et se hâta de remonter au rez-de-chaussée. Il s'empara au passage d'un manche de binette et alla se poster dans le cabinet de toilette, contigu à la chambre d'Henriette.

Il entrouvrit la petite fenêtre qui donnait sur le parc.

La lune était levée. Sa lumière bleutée donnait au parc l'aspect d'un décor de théâtre, en accentuant le contraste entre les plans successifs.

Michel aperçut Daniel, désinvolte, qui se hâtait vers le laboratoire de Richard.

« Il n'oublie pas de suivre l'allée latérale, constata-t-il. C'est évidemment celle qui est la moins en vue du reste du parc. »

Bientôt, un coude de l'allée déroba son cousin à sa vue.

Daniel avançait rapidement, son bâton bien en

main. Il ne craignait rien de spécial, pendant le trajet, sinon l'irruption soudaine d'un chien de garde, lâché peut-être par le comte.

«J'aurais dû mettre un blouson, pensa-t-il. S'il me saute dessus, je n'ai qu'un jersey. Il agrippera la peau avec, c'est sûr!»

Mais, optimiste par nature, Daniel estima qu'il n'avait que peu de chances de faire une mauvaise rencontre de ce genre.

Il s'engagea dans une partie de l'allée bordée de grands arbres, aux larges troncs. Le parc était tranquille. On apercevait, à distance, quelques fenêtres du château, discrètement éclairées.

«Quelle raison peut bien avoir Richard, pensa Daniel, pour s'intéresser ainsi à ces tableaux? Ils n'ont aucune valeur, c'est visible.»

Tout à coup, il perçut un frôlement, un bruit insolite... *au-dessus de sa tête!* Il leva les yeux... et reçut sur les épaules et dans le dos une bourrade d'une telle violence qu'il tomba à genoux, le souffle coupé. Machinalement, il agrippa très fort son bâton.

Il eut l'impression d'une galopade rapide autour de lui, il lança les bras en avant, en s'efforçant de se redresser. Son bâton heurta un obstacle... un «obstacle» qui émit un cri de douleur. Une étoffe rugueuse s'abattit sur sa tête et il suffoqua. Il se sentit soulevé de terre par des bras puissants. En se débattant, il sentit sous ses doigts un visage... mais un visage recouvert d'une cagoule ou d'un masque souple; ce fut du moins l'impression qu'il en eut.

Il reçut quelques coups, mal ajustés... et ses bras furent immobilisés. Il essaya de crier, mais l'étoffe rugueuse faisait office de bâillon.

Il se sentit emporté comme un simple paquet, par des gens qui couraient...

Le trajet, aussi peu confortable que possible, ne dura heureusement pas longtemps. Il se sentit balancé, par la tête et les jambes et brusquement... *lâché.*

Il reçut une gifle d'eau froide, il entendit le «floc» sonore avant de sentir qu'il s'enfonçait dans l'eau...

Le contact visqueux du fond plat et dur lui indiqua aussitôt où il se trouvait. Ses mystérieux agresseurs venaient de le lancer dans un des bassins du parc!

«Hier l'étang, aujourd'hui le bassin! C'est ma fête!» pensa Daniel, en dépit de son effarement.

Après de vains efforts, quelques glissades irritantes, il se retrouva à genoux, de l'eau jusqu'à la poitrine, la tête libérée de l'étoffe...

Il s'ébroua, voulut se relever, glissa sur la mousse grasse, qui tapissait le fond du bassin et finit par gagner le bord en marchant sur les genoux.

Ce faisant, il regarda autour de lui et il crut discerner trois silhouettes qui fuyaient dans trois directions différentes, trois silhouettes trop lointaines, déjà, pour qu'il pût espérer les identifier.

Accroché au rebord de pierre du bassin, Daniel s'efforça de reprendre ses esprits.

«Monsieur X a des complices, pensa-t-il. Mais pourquoi ce bain forcé? Ça l'avance à quoi? C'est complètement idiot!»

Lentement, Daniel sortit de l'eau, s'ébroua et se retrouva près de l'allée latérale. Il regarda attentivement autour de lui.

«Quand même, se dit-il, ils ne vont pas recommencer maintenant...»

Il chercha en vain son bâton, qui lui avait été arraché dans la lutte.

« Trophée de guerre, se dit-il. Monsieur X va peut-être l'accrocher dans son bureau ! »

Tout à coup, Daniel connut une nouvelle alerte. Le bruit d'une course rapide venant dans sa direction le jeta derrière le tronc d'arbre. Il aperçut une silhouette... et sortit de sa cachette. Il venait de reconnaître la silhouette de Michel, armé lui aussi de son manche de binette.

« C'est toi, Daniel ? appela l'arrivant.

— Oui... »

Michel s'arrêta, essoufflé, près de son cousin,

« Alors, raconte ! J'ai entendu le "floc"... j'ai tout de suite pensé à toi !

— Trop tard, mon vieux... je viens de prendre mon bain de boue quotidien.. »

Rapidement, Daniel mit son cousin au courant de l'agression dont il venait d'être la victime.

« Les lâches, murmura celui-ci, à trois contre un !

— Remarque, ils s'attendaient sûrement à nous trouver deux.

— Ça ne change rien à l'affaire.

— Et toi... rien de neuf ?

— File, mon vieux... va te changer... tiens, voilà la clef. Mieux vaut ne pas laisser la maison sans surveillance. Ouvre l'œil, hein ?

— Mais... et toi ?

— Moi ? Je vais répondre à l'aimable invitation de M. Richard de Malivert, mon cher. Je veux constater *de visu* s'il récupère vite, après l'exercice qu'il vient de se donner... A tout à l'heure ! »

Laissant Daniel un peu désorienté par cette décision, Michel partit en courant vers le laboratoire de Richard. Daniel, aussitôt, prit sa course vers la maison.

« Si Richard a participé à l'agression contre Daniel, cela doit se voir, pensa Michel. Il est impossible qu'il se remette aussi vite de son effort. Même s'il n'a fait que diriger ses complices, il a dû prendre la fuite en courant. Et un sédentaire comme lui toujours plongé dans ses recherches n'est pas précisément un sportif!»

Michel se hâta.

«Ce serait une chance s'il n'était pas encore revenu à son labo. Je pourrais ainsi le surprendre beaucoup mieux encore!»

Il aperçut de la lumière qui filtrait à travers les fentes des volets du laboratoire.

«Hum!... très fort, le monsieur... Il a dû laisser allumé comme s'il n'avait pas bougé d'ici.»

Michel frappa discrètement à la porte.

«Ce serait amusant, pensa-t-il, si c'était Richard que Daniel ait touché, avec son bâton. S'il avait un bel œil au beurre noir! Je me demande comment il expliquerait ça à sa Dulcinée!»

On entendit des pas, à l'intérieur, puis une voix que Michel reconnut aussitôt, celle de Bertin.

«Qui est là?

— C'est moi, Michel Thérais...»

Sans autre question, la porte s'ouvrit et Bertin parut. Il était en manches de chemise, et tenait à la main un chiffon. Une odeur de cire et d'essence de térébenthine flottait dans la pièce.

«Quelle bonne surprise, monsieur Michel! s'exclama Bertin. J'espère que vous ne venez pas me prévenir d'une nouvelle agression contre une autre personne du château!

— Heu... non... M. Richard n'est pas là?»

Bertin eut un geste pour désigner la pièce, étrange en vérité, car elle comportait à la fois un ameublement de salon et, dans un coin, une table d'expérience encombrée d'appareils de mesure, de fils électriques et d'objets hétéroclites.

Le visage du chauffeur exprima une malice indulgente.

« Vous le voyez... M. Richard sera désolé, mais il vient de sortir... oh! il n'y a guère plus de cinq minutes! Il était pressé. Il semblait avoir oublié quelque chose d'important... J'ignore où il se rendait... Peut-être une courte promenade... *sentimentale?* »

Michel ne put s'empêcher de sourire. Il avait oublié, dans l'excitation de l'affaire, qu'Henriette était... précisément... *sortie*, elle aussi, pour une courte promenade.

« Je compte sur votre discrétion, monsieur Michel, reprit le valet. Vous voyez, je profitais de cette absence, justement, pour faire quelques rangements et cirer cette étagère. »

Le valet soupira et ajouta :

« M. Richard quitte si rarement son laboratoire qu'il me faut bien ruser pour arriver à faire un peu de ménage ici. Ne le répétez pas, mais je pense que M. Richard pourrait, très bientôt, mener à bien sa découverte! »

Michel comprit que s'il laissait parler l'homme, il allait subir le récit des recherches, des insuccès et des espoirs de Richard de Malivert.

« Excusez-moi... puisque vous étiez là, peut-être pourrez-vous me dire si M. Richard, justement, ne m'a pas appelé, tout à l'heure... enfin... il y a peut-être vingt minutes maintenant, une demi-heure, au plus?

— Appelé... au téléphone... M. Richard? répéta Bertin, le visage plissé par la perplexité. Certainement pas! A ce moment-là, j'étais encore au garage, il est vrai. Pourtant, quand je suis arrivé, M. Richard se livrait à un calcul très absorbant, assis là, à sa table de travail. C'est en me voyant qu'il s'est souvenu... de cette... promenade qu'il avait à faire. Comme tous les savants, M. Richard est très distrait, vous savez! Je suis bien certain qu'il ne venait pas de téléphoner. Je le connais bien, vous pensez!»

Michel «pensait», en effet, mais pas dans le sens que pouvait supposer le valet chauffeur.

«Et pourtant, la personne qui m'a appelé m'a bien dit qu'elle était Ri... M. Richard!

— Avez-vous reconnu sa voix?

— Heu... non... c'est-à-dire que la personne parlait à voix basse, comme si elle craignait d'être entendue de quelqu'un qui aurait pu se trouver dans une pièce voisine.»

Bertin sourit, d'un air de suprême indulgence pour les histoires de jeunes.

«Si j'ose vous suggérer une explication, mon jeune monsieur, dit-il, ce serait une farce. Je ne vois pas d'autre explication. Une simple farce... de mauvais goût, sans doute, étant donné l'heure tardive; toutefois, vous conviendrez que c'est la seule explication.

— En effet, il faut bien que ce soit cela. Je vais retourner à la maison. Bonsoir, monsieur Bertin. Inutile de troubler M. Richard avec cette histoire, n'est-ce pas!

— J'allais vous le suggérer, mon jeune monsieur. Il faut protéger sa tranquillité d'esprit le plus possible. Je vois que nous nous comprenons. Ne manquez pas de souhaiter le bonsoir à votre cousin.»

Michel repartit au pas gymnastique. Il resta pourtant sur ses gardes, pendant tout le trajet.

«C'est quand même un peu violent! grommela-t-il. Il y a quelqu'un qui s'amuse à nos dépens. Mais rira bien qui rira le dernier. Monsieur X, on va voir ce que l'on va voir!»

Il se souvint que c'était Daniel qui avait fait les frais de la farce.

«Pauvre vieux... il n'a pas de chance. Je me

demande jusqu'à quand cette plaisanterie va bien durer. Il est légèrement fatigant, Monsieur X!»

Mais, à mesure qu'il approchait de la maison, Michel sentait renaître en lui une sourde anxiété.

«Et si Monsieur X est revenu à la maison... pensa-t-il. Pourvu que Daniel ne se soit pas laissé surprendre!»

Parce que Michel venait de se souvenir d'une chose, d'un oubli qu'il avait commis... Dans sa précipitation à voler au secours de Daniel, il avait oublié de refermer la petite fenêtre du cabinet de toilette et aussi le volet...

Et cette fenêtre constituait une brèche dans le dispositif de défense de la maison...

«Daniel n'en sait rien!» murmura-t-il.

11

Michel s'attendait à tout : à trouver fermée la porte de communication entre le parc et le jardin de Manise, à voir surgir un chien, ou un autre garde... Le jardinier, peut-être, que le comte Hubert aurait pu charger de remplacer Péronnet.

Mais rien de tout cela ne se produisit. Il franchit la porte du jardin, sans avoir rencontré âme qui vive, et la referma aussitôt à clef.

Daniel l'accueillit dans le hall. Sans doute avait-il entendu se refermer la porte métallique du jardin.

« Alors ? demanda celui-ci.

— Alors, rien ! Seulement ce brave Bertin qui cire et astique. Richard n'était pas là, bien entendu.

— Bien entendu !

— Selon Bertin, ce n'est pas Richard qui aurait appelé. “M. Richard” serait parti se promener... Promenade sentimentale, même.

— Oui, et Henriette va revenir avec une figure longue d'une aune, parce que son fiancé aura, encore une fois, oublié l'heure du rendez-vous, comme par hasard !

— Ce sera une preuve, cette fois. Je soupçonne Bertin d'être d'une naïveté extraordinaire à l'égard de son maître. Si tu l'avais entendu me dire : "M. Richard est très distrait, tous les savants le sont. Je suis sûr qu'il ne venait pas de téléphoner quand je suis arrivé !" »

Les deux garçons gagnèrent la salle de séjour. Michel s'absenta un instant pour aller refermer soigneusement la fenêtre du cabinet de toilette.

« Remarque, fit Daniel, quand son cousin fut de retour, nous avons quand même du nouveau. Mes agresseurs étaient trois... Ça explique pas mal de choses. Hier, ils ont dû se partager la besogne. Un ou deux au pavillon de chasse, pour nous enfermer dans le réduit et l'autre ou les deux autres ici, pour fouiller la chambre.

— A moins que le troisième n'ait fait le guet et que ce soit celui-là qui ait assommé le garde et blessé le chien !

— En tout cas, je suis certain qu'un au moins de mes agresseurs portait une veste de velours.

— Comme celui qui a joué la comédie de la chute. Nous avançons lentement, mais nous avançons !

— Oui, et j'ai l'impression que demain nous pourrions bien progresser un peu plus vite.

— Si les gendarmes ne se montrent pas trop... certains de notre culpabilité.

— C'est vrai ! Il y a aussi les gendarmes ! Ils sont longs à se mettre en branle, dirait-on. Est-ce que le comte aurait bluffé, par hasard ?

— Tu veux dire qu'il n'aurait pas porté plainte, ainsi qu'il nous en a menacés ? Moi, je pense qu'il l'a fait. Seulement il se peut qu'une enquête de ce genre soit un peu longue à mettre en route...»

Les garçons palabrèrent ainsi pendant plus d'un quart d'heure, jusqu'au retour d'Henriette.

«Pas de visite? demanda la jeune fille. Tiens, Daniel a fait toilette?»

Daniel sourit sans répondre et Michel se hâta d'enchaîner. Leur aventure ne concernait pas la jeune fille, puisque la maison n'avait pas été visée.

«Vous avez fait une bonne promenade? demanda-t-il. Vous n'êtes pas trop... peureuse, la nuit?

— Non... je ne redoute l'obscurité que lorsque je suis seule. Richard m'attendait!»

Les deux cousins échangèrent un regard. Ces derniers mots bousculaient la certitude à laquelle ils étaient arrivés au cours de leur discussion précédente. Henriette ne se rendit pas compte de leur perplexité. Elle déclara qu'elle allait immédiatement dans sa chambre. Elle vérifia pourtant toutes les issues avant de souhaiter le bonsoir aux garçons.

Dans leur chambre, ceux-ci se sentirent très découragés.

«Tu as entendu? soupira Michel. “Richard m'attendait!” Ce qui veut dire que Bertin ne s'est pas trompé.

— Ouais!... Autrement dit, tout est par terre. Nous comptions Richard dans le trio... Il n'est donc que le chef et il a trois complices! Mais qui? C'est empoisonnant, à la fin!

— Nous finirons bien par les découvrir. Essayons de dormir, pour être en pleine forme demain. J'ai l'impression que ce sera une bonne journée!»

En dépit de cet optimisme, les deux garçons mirent longtemps à trouver le sommeil, ce soir-là.

Une question, toujours la même, revenait à leur esprit : qui étaient les complices de Richard?...

*
* *

«J'ai l'impression que ce sera une bonne journée!» avait dit Michel.

Pourtant, rien d'extraordinaire ne marqua la matinée, jusqu'au moment où Henriette se disposa à se rendre en ville, en profitant de la voiture conduite par Bertin.

Celui-ci, la casquette à la main, attendit un instant dans l'entrée qu'Henriette se fût apprêtée.

Les deux garçons ne manquèrent pas cette occasion de faire parler le valet qui, le premier, leur demanda :

«Avez-vous réussi à élucider le mystère du coup de téléphone, mes jeunes messieurs?

— Hé non, monsieur Bertin! répondit Michel.

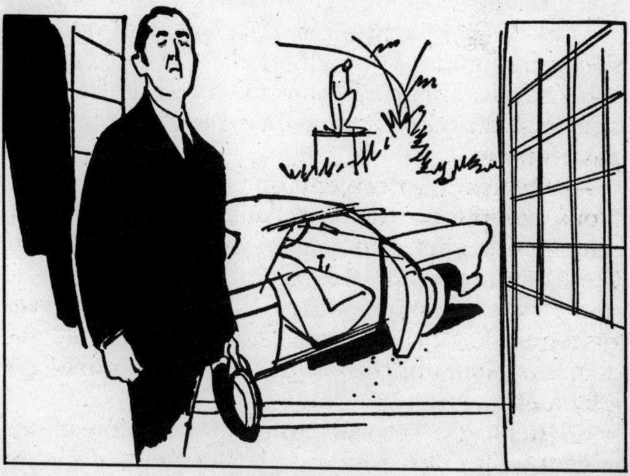

— C'était une farce, je vous l'avais dit. D'ailleurs, c'est la période des farces. Mme Péronnet est furieuse. Il paraît que ses deux fils sont insupportables, depuis que leur père est au lit. Hier soir, Marcel, l'aîné, a bien failli crever un œil à son frère Victor. Ce pauvre Victor a, paraît-il, une joue aussi grosse que mes deux poings, du coup qu'il a reçu!

— Victor!» s'exclama Daniel.

Mais Michel lui intima, d'un regard, d'avoir à tenir sa langue. Le voile de mystère qui enveloppait toute l'affaire venait de se soulever légèrement. Il était inutile de mettre Bertin dans la confidence. Le fidèle chauffeur ne pouvait manquer de parler à son maître et les garçons estimaient que moins Richard en saurait, mieux cela vaudrait.

«Au fait, monsieur Bertin, demanda Michel, avez-vous demandé à M. Richard s'il nous a, ou non, téléphoné, hier soir?

— Je ne me permets pas de poser des questions à M. Richard, monsieur Michel. Jamais! Mais je vous ai dit mon sentiment là-dessus, n'est-ce pas? C'est absolument impossible!»

Henriette apparut, gracieuse et enjouée, dans une robe d'imprimé, un foulard sur la tête et un panier au bras.

«Je suis prête, Bertin, dit-elle. Allons!»

Les deux garçons restèrent un moment sur le perron, à regarder s'éloigner la voiture de sport que Bertin conduisait avec la même délicatesse que celle qui imprégnait son langage et ses manières.

«C'est vraiment la perle des chauffeurs, cet homme-là, constata Michel.

— Richard a trop de chance. Mais nous allons le démasquer! En tout cas, nous tenons deux de ses complices! Tu te rends compte, les fils du garde?

— Mon vieux, c'est clair. Tu as été victime d'une vendetta!

— D'une... vendetta? Brr... tu me fais froid dans le dos.

— Pardi! Ces deux idiots sont persuadés que nous sommes les coupables de l'agression contre leur père. Ils auront voulu venger l'honneur de la famille!

— Tu... crois, vraiment?

— En tout cas, que ce soit pour cette raison, ou pour une autre, ils sont dans le coup. Reste à trouver qui est le troisième...

— Ils ont sûrement des camarades, tu sais!

— Dommage que la maison des gardes soit si mal placée, je veux dire, un peu trop près du château!... Nous aurions pu les surveiller, ces deux zèbres-là.

— Evidemment, nous aurions bien fini par découvrir qui ils fréquentent, ou qui ils rencontrent secrètement.

— Remarque, s'il n'y avait pas le danger des chiens que le comte pourrait bien lâcher la nuit, dans le parc, nous pourrions peut-être quand même nous poster à proximité de chez eux, dans un buisson...»

Les deux garçons s'étaient installés dans la cuisine, pour y préparer leurs premières plantations : des boutures de géranium prélevées sur les plantes de la maison. Ils voulaient se rendre dans la serre, afin de vérifier que personne n'était venu toucher à la cachette des tableaux.

Ils s'apprêtaient à quitter la maison, lorsque la sonnerie de l'entrée retentit.

«Cette fois, c'est certainement la maréchaussée!

— Flûte! Les ennuis commencent!»

Un peu anxieux, les deux garçons se rendirent dans l'entrée, prêts à faire face aux accusations dont ils allaient être l'objet.

« D'ailleurs, souffla Michel, on leur raconte tout. C'est à eux d'y voir clair, c'est leur métier!

— Entendu! »

Pourtant la porte ouverte ne révéla pas les uniformes attendus.

Un homme jeune, le visage souriant, les cheveux très blonds, s'inclinait assez cérémonieusement. Il était vêtu d'un complet sport, veste de tweed gris et pantalon gris fer.

« Je suis bien chez Mme Thérais? demanda-t-il.

— En effet, monsieur... mais...

— Je suis journaliste, messieurs! Claude Zigo, reporter à *Tout sur Tout*, l'hebdomadaire bien connu. »

Le nouveau venu débitait la présentation avec la volubilité et l'énergie d'un camelot.

« En quoi... » commença Michel.

D'un geste, en avançant d'un pas, le journaliste ne le laissa pas achever sa question.

« Je sais, la présence d'un journaliste étonne toujours un peu, c'est normal. Je viens voir Mme Denise Thérais et Mlle de Malivert... pour une affaire très curieuse et très intéressante. Au fait, j'y pense, vous avez dû lire dans *Tout sur Tout* mon dernier reportage sur la disparition des pigeons de Paris? »

Les deux garçons, un peu effarés, n'eurent pas le temps de dire qu'ils ne lisaient pas *Tout sur Tout*.

« Voulez-vous m'annoncer, s'il vous plaît? »

L'homme était maintenant entré dans le hall, sûr de lui, toujours souriant et regardant avec un tranquille sans-gêne autour de lui.

« C'est que... nous sommes seuls, ce matin, à la

maison, répliqua Michel. Ma grand-mère est en voyage et Mlle de Malivert est en ville...

— Qu'à cela ne tienne, je l'attendrai!» riposta le journaliste.

Cependant, se rendant peut-être compte de ce que son attitude et ses paroles pouvaient offrir de déplaisant, il ajouta avec un sourire un peu condescendant :

«Avec votre permission, bien entendu.

— C'est que...

— Pas un mot, jeune homme, si vous connaissiez l'intérêt de l'enquête dont je suis chargé, vous comprendriez mieux ma joie de penser que je vais enfin recueillir certainement quelques données positives. Ce n'est pas sans peine que j'ai pu localiser Mlle de Malivert! C'est une chance, même, qui me laisse bien augurer de l'avenir. Me permettez-vous d'entrer? Nous pourrions commencer à bavarder en attendant... Mlle de Malivert, non?»

Vaincus par tant d'insistance, un peu curieux

aussi de savoir quelle raison pouvait bien conduire un reporter chez eux, les garçons s'inclinèrent. Ils introduisirent le journaliste dans la salle de séjour et lui offrirent un fauteuil. Ils restèrent accoudés à la cheminée, cependant que le jeune homme sortait une blague de tissu écossais de sa poche et entreprenait de bourrer une pipe de maïs.

Il ne cessait de regarder autour de lui et la vivacité de ses regards possédait quelque chose d'un peu inquiétant. On eût dit quelqu'un en quête d'un mauvais coup à faire, qui se renseigne sur la place des bibelots précieux qu'il se propose de retrouver plus tard... et d'emporter.

«Je sais ce à quoi vous pensez, reprit Zigo, lorsqu'il se fut assuré par deux ou trois bouffées que sa pipe était bien allumée. Vous êtes surpris, n'est-ce pas?

— Heu... Enfin...

— Non, non, ne niez pas! C'est normal. Mais vous le serez encore bien plus, tout à l'heure, lorsque vous connaîtrez le sujet de mon enquête. Un événement extraordinaire... sensationnel! Je tiens là un article de première grandeur. Mais... en attendant Mlle de Malivert, je peux vous en toucher déjà un mot.»

L'homme était inquiétant, en un sens. Il ne prononçait pas plus d'une demi-phrase sans tirer une bouffée de sa pipe. Il ne semblait pas absolument normal. Du moins paraissait-il un peu trop agité...

12

Le journaliste se carra dans son fauteuil, très à l'aise apparemment.

«Je vous disais donc que j'enquête sur un sujet assez sensationnel. Vous avez dû, d'ailleurs, en voir des échos dans les journaux. Il y a de cela un mois environ. Non?»

Michel, un peu excédé par la faconde et le sans-gêne du visiteur, répliqua, assez sèchement :

«Nous ne lisons pas les journaux, monsieur...

— Vous avez tort! Des jeunes gens de votre âge devraient se tenir au courant de l'actualité... mais passons... Je disais donc qu'il y a environ un mois, un brave homme des environs de Mâcon a fait une découverte qui a fait quelque bruit.

— Ah oui? fit poliment Daniel.

— Imaginez-vous que ce brave homme possédait une maison isolée, non loin de la ligne de chemin de fer Paris-Marseille. Maison abandonnée depuis longtemps. Par quel hasard décida-t-il de s'y rendre... Peut-être désirait-il la vendre, peu importe. Donc, il visite sa maison, pour la première fois, paraît-il, depuis dix ans ou plus..., peu importe!»

Michel nota que le vocabulaire du journaliste comportait quelques expressions souvent répétées. Les «je disais donc» et les «peu importe» constituaient les transitions de sa conversation.

«Je disais donc que, visitant sa maison, cet homme a découvert, dans le grenier... dans ce qui restait du grenier, devrais-je dire... un sac postal!»

Zigo leva la main qui tenait la pipe et fixa ses interlocuteurs comme s'il venait d'annoncer une découverte capable de bouleverser l'ordre du monde. On sentait l'homme prisonnier du sujet de son enquête et pour lequel rien d'autre ne devait compter.

«Un sac postal... vieux de neuf ans! Eventré, bien entendu, je veux dire ouvert... Mais il contenait encore presque tout son courrier, pour autant que l'on ait pu s'en rendre compte!

— Depuis si longtemps? demanda Michel, pris, malgré lui, par la faconde du personnage.

— La toile des sacs postaux est faite pour résister à un usage intensif... et les rongeurs ne doivent guère apprécier cette nourriture... sinon, je crains bien que l'on n'ait pu retrouver que de la dentelle de courrier!»

L'homme rit, satisfait de l'image qu'il venait de trouver. Il répéta :

«De la dentelle de courrier! Est-ce drôle, non?... peu importe! Je disais donc que notre homme a retrouvé du courrier vieux de neuf ans.

— Sait-on comment il a pu se faire que ce sac s'égare en cet endroit?

— J'allais y venir! Vous êtes sans doute trop

jeunes encore pour vous souvenir d'une retentissante série d'attaques perpétrées contre des wagons postaux ou des voitures postales, il y a de ça neuf ans, justement!

— Des attaques?

— Mais oui, pour dérober les valeurs incluses dans les sacs. Généralement les voleurs détruisent le reste du courrier et les sacs, afin d'éliminer des preuves. Il s'est trouvé, cette fois, que le voleur, ayant découvert ce qu'il cherchait, en se dissimulant dans cette maison abandonnée a laissé le sac sur place. La proximité de la voie ferrée laisse supposer aussi qu'il s'agit d'un sac lancé du train par un malfaiteur, à un complice qui l'attendait près de la voie... Mais...

— Peu importe, dit Michel, sans sourire.

— J'allais le dire, déclara Claude Zigo. L'essentiel c'est ce courrier retrouvé. Notre homme... le découvreur, veux-je dire, a remis sa trouvaille aux gendarmes, qui, après avoir rendu compte à leurs chefs, ont réglementairement déposé le sac postal dans un bureau des P. et T.

— Dans un bureau de poste? Comme s'il s'agissait d'un sac contenant le courrier du jour?

— Exactement. Vous pensez bien que je me suis renseigné auprès de l'Administration des postes. Dans le cas où du courrier s'égare — et pour les Postes les lettres retrouvées sont considérées comme du courrier égaré — il est acheminé, aussitôt découvert, normalement vers son destinataire.

— Après tant d'années?

— Justement... en vertu du principe qui veut qu'une lettre appartient toujours à son destinataire, c'est effectivement ce que fait l'Administration. Mais, fort heureusement, un correspondant local de *Tout sur Tout* a fait preuve d'initiative.

Cette affaire a provoqué un certain bruit dans la région, vous pensez bien! Ce correspondant a obtenu des gendarmes l'autorisation de noter les adresses des destinataires et celles des expéditeurs de ce courrier, quand elles figuraient au verso des enveloppes.

— Mais,.. pourquoi relever ces adresses?»

Claude Zigo s'épanouit visiblement. Il se dressa d'un bond si brusque que les deux cousins, surpris, faillirent se mettre sur la défensive.

«Vous semblez ignorer qu'un journaliste digne de ce nom est toujours à l'affût d'une enquête, d'un reportage original, capable d'intéresser ses lecteurs. Avec l'affaire de ce sac postal nous tenons quelque chose de sensationnel. Notre rédacteur en chef, en possession de la liste, a désigné six reporters pour aller interroger les destinataires de ce courrier si longtemps retardé.»

Les deux cousins se regardèrent. Quel intérêt pouvait bien présenter une telle enquête, après si longtemps!

«Je disais donc que, comme mes cinq camarades, je suis chargé de poser aux destinataires de ce courrier la question que voici : "Le destin du destinataire aurait-il été modifié si cette lettre lui était parvenue en temps voulu?"»

Les garçons se sentirent un peu plus à l'aise. La visite de Claude Zigo, pour surprenante qu'elle fût, semblait posséder une explication rationnelle. L'homme était sans doute assez original. Son comportement était celui d'un nerveux, d'un enthousiaste peut-être, mais ses explications tenaient debout. Restait un point important à élucider.

«Je comprends, admit Michel. Cette enquête peut présenter en effet quelque intérêt si la lettre égarée contenait un document important, une

réponse attendue avec impatience, ou annonçant une décision capitale, mais...

— Je vois que vous me comprenez, constata Zigo de plus en plus enthousiaste. J'avoue d'ailleurs que jusqu'à présent les résultats obtenus par mes camarades et moi-même ont été — comment dire... — assez décevants. C'est fou ce que l'on peut écrire de banalités, de nos jours! Ah! nous sommes loin des épistoliers du Grand Siècle!... La pluie, le beau temps, les maladies des enfants, c'est là la monnaie courante de nos découvertes. Mais j'ai le ferme espoir, en venant vous voir... en venant voir Mme Thérais et Mlle de Malivert, veux-je dire, que j'obtiendrai enfin une réponse plus intéressante!»

Le journaliste les fixait d'un regard où brillaient l'excitation, l'espoir, une curiosité avide. Il semblait attendre de leur part des révélations «sensationnelles», selon son expression.

«Pardonnez-moi, monsieur, déclara Michel,

mais j'avoue que je vois mal ce que viennent faire... Mlle de Malivert et ma grand-mère, dans votre enquête.»

Le regard de Zigo trahit une très nette réprobation. On devina qu'il pensait, douloureusement incrédule : «Oh! non, pas à moi! Ne me racontez pas que vous n'avez rien à me dire...»

«Mais enfin... reprit le journaliste d'un ton où vibrait une sorte de colère contenue, Mlle de Malivert figurait sur la liste des destinataires de ces lettres retrouvées!»

La stupéfaction des garçons se traduisit avec ensemble par un jeu de physionomie curieux : bouche bée, yeux ronds, tête penchée. Les cousins quittèrent même l'appui de la cheminée pour se rapprocher du journaliste.

«Ce n'est pas possible! murmura Michel. Henriette de Malivert n'avait que... voyons... oui, c'est ça, elle n'avait que dix ans!

— Peu importe! riposta le journaliste très brusquement. Elle figurait au nombre des destinataires... Et la lettre émanait... attendez, j'ai là le renseignement...»

Zigo sortit un carnet de sa poche et le feuilleta fébrilement.

«Là... j'y suis! La lettre avait été expédiée par Mme la comtesse Hortense de Malivert, au Rond-Royal, à Compiègne.»

Le journaliste lança un regard agressif à ses interlocuteurs comme s'il s'attendait à les voir réfuter une vérité aussi nettement établie.

«De la comtesse Hortense! murmura Daniel. Ça alors!»

Il avait été tellement question, depuis deux jours, de la défunte comtesse Hortense, que le fait d'entendre prononcer son nom par un journaliste parisien paraissait extraordinaire.

«Voyons, mes jeunes amis! reprit Zigo. Vous pensez bien que je ne me serais pas dérangé, que je n'aurais pas songé à déranger votre grand-mère et Mlle de Malivert, si je n'avais été sûr de ce que j'avance!»

Il avait l'air très sincèrement peiné que l'on pût mettre en doute sa discrétion, son souci de ne rendre visite à des dames inconnues que pour un motif valable!

«Peu importe, d'ailleurs! Je suppose que l'arrivée d'une lettre aussi singulière a dû faire quelque bruit, ici, on a dû en parler, que sais-je?»

Les deux cousins se regardèrent de nouveau, perplexes. Zigo paraissait très sûr de son fait, certain de ce qu'il avançait au point qu'ils en venaient à se demander si leur grand-mère et Henriette n'avaient pas oublié... — ou omis volontairement — de leur parler de cette lettre. Il s'agissait peut-être, pensaient-ils, d'un important secret de famille concernant Henriette et elle seule!

Michel mit les choses au point :

«J'ignore si cette lettre est arrivée ici, mais je n'en ai jamais entendu parler», dit-il.

Zigo se renfrogna. Il avait visiblement misé sur cette missive en la supposant capable de lui fournir les données pour un article intéressant. Il parut soudain très désorienté, toute faconde envolée, aussi piteux qu'un enfant à qui l'on vient de retirer son jouet favori.

«Vous me dites la vérité? demanda-t-il, d'une voix où perçait le découragement.

— L'exacte vérité, monsieur!» assura Michel.

L'homme soupira, tapota son carnet plusieurs fois avant de le glisser dans sa poche. Il fit quelques pas vers le fond de la pièce, revint vers la cheminée. Les garçons crurent qu'il allait prendre congé.

« Quand je pense que je suis allé jusqu'à Longevères! murmura-t-il. Et tout ça, pour rien! »

Le nom de Longevères donna au récit du journaliste une résonance d'authenticité pour les deux garçons.

« Vous êtes allé à Longevères ? demanda Daniel. Notre grand-mère s'y trouve, en ce moment, pour quelques jours.

— C'est bien ma chance! C'est sûrement à cause de cette lettre! Car l'adresse, j'ai oublié de vous le dire, était ainsi rédigée. »

Claude Zigo sortit de nouveau son carnet, le feuilleta et lut :

« Mademoiselle Henriette de Malivert, chez Madame Denise Thérais, Longevères, Côte-d'Or! »

« Oh! mais j'y pense! C'est exact! Manise nous a souvent raconté qu'elle emmenait parfois Henriette en vacances à Longevères à cette époque-là! s'exclama Daniel.

— Comment, si c'est exact ? s'écria Zigo, ulcéré. J'ai appris à Longevères que la lettre avait été "retournée à l'expéditeur", c'est-à-dire à feu Mme la comtesse Hortense de Malivert à Compiègne, c'est-à-dire dans le château voisin.

— Mais alors, ce n'est pas à nous qu'il faut demander quel a été le sort de cette lettre, monsieur, s'écria Michel, mais au comte Hubert de Malivert! »

Zigo lui décocha un coup d'œil plein de commisération.

« Faites-moi l'honneur de croire que je connais mon métier, mon jeune ami, dit-il. J'étais chez lui, hier après-midi. Il m'a reçu très mal, aussi mal que si j'étais responsable des soucis qui paraissent le ronger. Rarement vu un homme aussi coléreux! Il m'a affirmé qu'il ignorait tout de cette histoire, qu'il ne voulait à aucun prix la connaître et que moins il entendrait parler de la comtesse Hortense, mieux cela vaudrait. J'ai même trouvé la confidence assez singulière. Il fallait qu'il fût réellement en colère pour se laisser ainsi aller à parler d'une parente sur ce ton, à un étranger!

— Mais... c'est lui qui vous a dit de venir ici?

— Oh! mais non! J'ai eu la chance de pouvoir interroger une domestique, qui m'a renseigné. C'est elle qui m'a appris que Mlle Henriette de Malivert habitait cette maison qu'elle a appelée... la maison...

— ... des jardiniers?

— C'est exact!

— Qui parle de moi?» s'exclama Henriette qui venait d'apparaître à la porte de la pièce.

Elle s'arrêta en découvrant que les garçons n'étaient pas seuls.

«Oh! pardon! Excusez-moi... j'ignorais...

— Mademoiselle de Malivert, sans doute?

demanda aussitôt Claude Zigo en s'avançant, cérémonieux comme au Grand Siècle.

— Oui, monsieur... à qui...

— Claude Zigo, reporter de *Tout sur Tout*, c'est vous que je venais voir, mademoiselle ! »

Stupéfaite, oubliant de se débarrasser de son panier à provisions, Henriette pénétra dans la salle.

« Mademoiselle, vous allez certainement pouvoir me rassurer... Ces messieurs ont été très aimables, mais je suis persuadé qu'ils ignorent réellement tout de cette lettre... »

De plus en plus surprise, Henriette ne put que balbutier, non sans interroger les garçons du regard :

« Cette lettre ? Mais de quelle lettre parlez-vous, monsieur ? »

Oubliant qu'Henriette n'avait pas participé depuis le début à la conversation, le journaliste parut sur le point d'éclater.

13

«Oh! non, mademoiselle, je vous en prie, *pas vous!* Pas vous aussi!» s'écria Zigo dans un état voisin de la crise de nerfs.

Henriette de Malivert déposa enfin son panier et elle parut infiniment plus à son aise.

«Je vous serais obligée, monsieur...

— Zigo, mademoiselle, Claude Zigo...

— ... monsieur Zigo, de bien vouloir répondre à ma question et ne pas vous livrer aux manifestations d'un désespoir dont j'ignore et tiens à ignorer la cause!»

Les garçons apprécièrent le ton de dignité tranquille sur lequel cette mise au point venait d'être prononcée. Le journaliste se calma et refit à la jeune fille le récit des circonstances qui l'amenaient à Compiègne. Lorsqu'il eut terminé, très animé par la véhémence qu'il avait apportée à exposer les faits, il parut s'attendre à ce que la jeune fille sortît la lettre de son sac et qu'elle la lui tendît.

« Hélas ! monsieur... Zigo, je suis navrée de vous décevoir, mais je suis absolument certaine que semblable lettre n'est jamais parvenue ici. »

Visiblement, le journaliste ne pouvait pas admettre que la jeune fille disait la vérité.

Celle-ci ajouta :

« D'ailleurs, ne venez-vous pas de reconnaître vous-même que cette lettre avait été "retournée à la comtesse Hortense" ? Comment se pourrait-il qu'elle m'ait été remise, à moi ? »

Zigo prit une longue inspiration et, avec la patience excessive que l'on emploie pour convaincre une enfant rétive, il expliqua :

« Puisque j'ai pu savoir, moi, un étranger à la ville, que vous viviez ici, je suppose que le facteur le sait aussi. Il aurait pu, sachant que la comtesse de Malivert n'était plus de ce monde, se permettre de remettre la lettre à sa véritable destinataire. Car je suppose que le facteur qui dessert le château dessert également cette maison ?

— Vos suppositions sont exactes, monsieur, mais il n'en reste pas moins que je vous répète ceci : je n'ai reçu aucune lettre de ce genre ! »

Zigo s'avoua vaincu. Il remit son carnet dans sa poche et soupira.

« Eh bien, dans ce cas, mademoiselle, je crois qu'il ne me reste qu'une chose à faire, m'excuser du dérangement et prendre congé. Je regrette pourtant que vous n'ayez pas reçu cette lettre... J'imagine aisément son importance ! »

En dépit du désir évident qu'éprouvait Henriette d'être délivrée du personnage, elle mordit à l'appât :

« L'importance de cette lettre ? Que voulez-vous dire, monsieur ? Qu'en savez-vous ? »

Zigo sourit finement.

« Mon métier, l'habitude aussi, conduisent à... comment dire... subodorer certaines choses. J'ai fait une petite enquête complémentaire en comparant les dates. Celle de l'envoi — c'est-à-dire celle du cachet de la poste au départ — précède seulement celle du décès de la comtesse de trois jours ! Ne peut-on imaginer que pour songer à écrire une lettre, en un pareil moment — la comtesse était très faible, paraît-il — il fallait un puissant motif ? »

Henriette, émue par l'évocation que le journaliste venait de faire de la fin de sa tante, hocha la tête. Mais ce fut d'une voix ferme qu'elle répliqua :

« Vous supposez beaucoup, monsieur ! C'est sans doute votre métier de tirer quelque chose de rien, mais je me refuse à vous suivre sur ce terrain. Importante ou non, d'ailleurs, il semble que cette lettre soit perdue. N'en parlons plus, monsieur...

— Puis-je espérer pourtant, mademoiselle, que si, par hasard, cette lettre vous revenait, vous auriez la gentillesse de m'en avertir au journal ?... Je vous rappelle : Claude Zigo... *Tout sur Tout*...

— Peut-être, monsieur... peut-être ! »

Claude Zigo prit congé, sur cette douteuse promesse. On eût juré qu'il regrettait de ne pas avoir sur la tête un feutre emplumé dont il eût pu balayer le sol en un salut de cour.

« Ouf ! soupira Henriette, lorsque la porte se fut refermée sur le journaliste. Cet homme est exténuant ! Y a-t-il longtemps qu'il est ici ?

— Cela doit faire plus d'une heure. Il déborde d'énergie, M. Claude Zigo ! constata Daniel.

— Son histoire est abracadabrante ! reprit Henriette. Je ne vois pas pourquoi ma tante m'aurait écrit à Longevères. Elle ne le faisait jamais !

— Et pourtant, cette lettre a existé, intervint

Michel, sinon, comment le correspondant local de *Tout sur Tout* aurait-il noté l'adresse de Longevères, le nom des Malivert et tous ces renseignements de date et de cachets, relevés par Zigo!»

Henriette convint qu'il avait raison.

«Je me refuse à attacher la moindre importance à cette lettre vieille de neuf ans, ajouta-t-elle. D'ailleurs, il est plus que l'heure de préparer le déjeuner. Venez, je vous embauche!»

Gaiement, les trois jeunes gens gagnèrent la cuisine et se livrèrent en plaisantant à la préparation du repas.

*
* *

La lettre et sa disparition furent évidemment le sujet de la conversation, au cours du déjeuner, ce midi-là. Henriette resta sur sa position, en estimant qu'il ne fallait pas suivre le journaliste sur son terrain, c'est-à-dire attacher de l'importance à une lettre que l'on ne retrouverait jamais, selon toute apparence.

Les garçons décidèrent de donner suite à leur projet de plantation, dont l'exécution avait été interrompue par l'arrivée du journaliste.

Lorsqu'ils se retrouvèrent seuls, dans la serre, et qu'ils eurent vérifié que le paquet de tableaux était toujours à sa place, que rien n'avait été dérangé, ils se mirent à l'ouvrage.

«Nous avions bien besoin de cette histoire de lettre! déclara Daniel. Comme si nous n'avions pas assez d'ennuis avec Monsieur X!

— Tu as raison. Inutile de courir deux lièvres à la fois, et puisque, de toute façon, la principale intéressée ne s'en soucie pas, laissons tomber cette affaire de courrier égaré.»

Lorsque le second bac à terreau de la serre fut

défriché à son tour, les garçons décidèrent de procéder à la plantation des boutures de géranium préparées par eux. Mais leur nombre était nettement insuffisant. Ils décidèrent d'acheter d'autres plants de fleurs.

«Je me demande ce que nous trouverons, à cette époque-ci, dit Michel.

— Nous pourrions aller en ville. Nous demanderons à un grainetier ou à un pépiniériste. Ils ont souvent des plantes en godets... Manise sera contente, à son retour, de trouver sa serre en état!»

Les deux garçons avertirent Henriette de leur intention.

«Pourquoi n'attendez-vous pas à demain matin? demanda-t-elle. Vous m'accompagneriez, puisque Bertin passera me prendre vers dix heures et demie.»

Les deux garçons réfléchirent, hésitèrent, et, emportés par leur désir de planter au plus vite, décidèrent de ne pas remettre leur course.

*
* *

Ils longeaient la route nationale qui conduisait à la ville, distante d'environ un kilomètre et demi.

«Plus je songe à cette lettre, déclara Daniel, plus je pense que le raisonnement du journaliste se tient. Il se pourrait qu'elle ait été importante.

— Importante au point d'intéresser quelqu'un à qui elle n'était pas destinée, peut-être. Ou alors tellement insignifiante que si quelqu'un l'avait ouverte par erreur, il n'aurait pas jugé utile de la signaler.

— Tu ne trouves pas que Richard est bien long à réagir au truc du colis de pseudo-tableaux?

— Il ne l'a que depuis hier! Il attend peut-être une occasion favorable pour ouvrir le paquet...

— Et s'il ne l'ouvre pas?

— Cela prouvera simplement que ce n'est pas lui Monsieur X.

— Au fait, j'y pense, tout à coup... et si Monsieur X c'était ce Zigo! Il a une drôle d'allure, au fond.

— Zigo Monsieur X? Mais... qu'est-ce qu'il serait venu faire à la maison?

— Je ne sais pas, moi, repérer les lieux en plein jour, pour ne plus chercher la nuit. Ou encore, se rendre compte du résultat de la petite séance balnéaire d'hier soir.

— Il aurait un certain toupet, celui-là! Et puis non, c'est impossible. Puisqu'il connaissait Longevères, qu'il était au courant de la date de la mort de la comtesse, il doit être vraiment journaliste. En quoi cela l'aurait-il avancé, s'il est Monsieur X, de venir chez nous ce matin?»

Daniel abandonna la discussion. Pourtant il n'était pas aussi facilement convaincu. Puisque Monsieur X existait, il fallait que ce fût quelqu'un qui les connaissait.

Tout à coup, la vue d'un cycliste leur tira l'œil, de loin.

«On dirait le facteur, constata Daniel.

— Si c'est lui, je lui parle de cette histoire de lettre. Il doit s'en souvenir, lui. D'ailleurs, je suppose que la poste a dû placer la lettre dans une de ces enveloppes spéciales, qu'elle utilise pour les changements d'adresse.»

L'homme vêtu d'un uniforme de toile beige, coiffé d'une casquette plate était bien le facteur. Il pédalait d'un rythme déhanché, à cause de la lourde sacoche de cuir accrochée à son guidon.

C'était un homme d'âge, aussi rond de silhouette que de visage.

Lorsqu'il aperçut les garçons, il ralentit, s'arrêta :

« J'ai une lettre pour l'un de vous, dit-il. Qui est Michel Thérais ?

— C'est moi, monsieur », répondit celui-ci.

Le facteur lui tendit une enveloppe dont le garçon reconnut aussitôt l'origine. Il la glissa dans sa poche.

Le facteur referma sa sacoche, et il touchait déjà sa casquette d'un doigt pour s'éloigner lorsque Michel demanda :

« Excusez-moi, monsieur le facteur, dit-il, mais je voudrais vous poser une question.

— Faites, monsieur Thérais, faites.

— Est-ce que vous vous souvenez d'une lettre qui serait revenue au château, il y a moins d'un mois de ça, une lettre adressée à Mlle Henriette de Malivert ?

— Une lettre pour Mlle de Malivert, au château ? Je ne vois pas, non. C'est une chose qui m'aurait frappé, pour sûr ! Remarquez... je viens de reprendre la tournée il y a huit jours seulement, avant, j'étais en congé. C'est peut-être mon remplaçant qui l'a vue, cette lettre. Un mois, vous dites ? Oh ! c'est ça ! C'est mon remplaçant.

— Mais... au château, vous déposez le courrier dans une boîte aux lettres ? »

L'homme fronça les sourcils, regarda les garçons d'un air légèrement soupçonneux, avant d'affirmer :

« Je ne sais pas ce que vous lui voulez à cette lettre, mais je peux vous dire une chose : que ce soit mon remplaçant ou moi, nous remettons toujours le courrier entre les mains de la concierge. A Mme Péronnet, quoi !

— Eh bien, je vous remercie, monsieur le facteur. Bonne tournée!

— Merci, messieurs. Bonne promenade!»

Le postier s'éloigna, en appuyant sur les pédales dans son style si particulier.

«Pas plus avancés, en somme, constata Daniel.

— Si, quand même! Si la lettre a bien existé, si elle est revenue au château, nous savons où elle a été déposée par le facteur : dans la loge de la concierge.

— Donc entre les mains de la femme du garde!

— Hé oui... il est dommage que nous ne puissions pas aller lui demander franchement si elle a vu ou non cette lettre.

— Evidemment, étant donné les circonstances, c'est assez délicat.»

Les garçons atteignirent les faubourgs de la ville et achetèrent quelques douzaines de plants à repiquer. Pendant le retour, ils discutèrent longuement.

Tout à coup, Michel prit une décision :

«Ecoute bien, Daniel, dit-il, circonstances ou pas, moi je crois que nous devons aller voir Mme Péronnet et lui parler de cette lettre!»

Daniel regarda son cousin, stupéfait. Aurait-il le courage de se présenter chez le garde-chasse, après les incidents de l'autre nuit et les accusations qui pesaient sur eux?

14

« Tu te rends compte de ce que tu dis ? demanda Daniel. Tu veux aller chez le garde ? Tu veux qu'il te fasse flanquer à la porte par son Marcel et son Victor ?

— Taratata ! D'abord, en dépit de ses accusations, je me demande si le comte Hubert n'en rajoute pas un peu. Les gendarmes ne sont toujours pas venus. Cela prouve une chose, c'est que la plainte n'a pas été déposée !

— Minute, mon vieux ! C'est peut-être parce qu'ils n'ont pas encore eu le temps de venir.

— Peut-être. Mais ce n'est certainement pas une bonne méthode, pour des innocents, que de craindre de se rendre chez la victime. »

Daniel gardait un souvenir cuisant de sa rencontre nocturne avec les fils du garde et le mystérieux troisième larron. Michel le comprit et proposa :

« Remarque, tu n'es pas obligé de venir. D'ailleurs, à deux, ce serait plus gênant encore que si j'y allais seul. Après tout, les Marcel et Victor ne s'imaginent peut-être pas que nous savons qu'ils étaient au nombre des assaillants, hier. »

Daniel réfléchit. Il devinait que c'était pour épargner son amour-propre que Michel parlait ainsi. Quoique être défait par surprise, et par trois individus, n'eût rien d'infamant !

« Je vais avec toi ! dit-il brusquement. J'y tiens ! »

Ils déposèrent leurs emplettes dans la serre et se dirigèrent vers la maison des gardes.

Il leur fallait sortir de la maison de Manise et longer le parc du château, par l'extérieur. Là, un mur de pierre blanche se dressait sur une vingtaine de mètres, prolongé par un mur plus bas, surmonté d'une grille à longues piques. Une porte-grille, monumentale, s'ouvrait sur l'allée d'honneur qui conduisait au château.

Plus loin, encore, et légèrement en retrait à l'intérieur du parc, la maison des gardes s'élevait, carrée et trapue, surmontée d'un toit d'ardoise à la Mansart.

La façade en était orientée parallèlement à l'allée d'honneur.

Une porte vitrée à deux battants, sans rideau, s'ouvrait au milieu de cette façade. Une pancarte de bois peint en noir portait en lettres d'un or défraîchi le mot « Conciergerie ».

« Brr... plaisanta Daniel. La Conciergerie... C'est bien une prison de Paris ?

— Hon-hon ! » fit Michel, absorbé dans ses réflexions.

Ils gravirent cinq marches très usées et Daniel tira sur une patte de cerf pendue à un fil. Une sonnette grêle retentit, quelque part, à l'intérieur.

Une silhouette féminine apparut dans la pièce et se dirigea vers la porte.

«C'est Mme Péronnet!» murmura Michel.

La porte s'ouvrit et une dame d'une quarantaine d'années parut. Son visage, très pâle naturellement, ses cheveux grisonnants tirés en arrière et rassemblés en chignon, sa robe de cotonnade fanée, tout cela lui donnait une apparence falote, sans personnalité.

Elle reconnut visiblement ses visiteurs, mais elle n'en laissa rien transparaître dans le ton sur lequel elle demanda :

«Vous désirez?

— Bonjour, madame, dit Michel. Je m'excuse de vous déranger. Mais j'ai un renseignement à vous demander.

— Faites, je suis là pour ça.

— Eh bien, voilà madame, j'attendais une lettre importante et le facteur me dit qu'il a pu confondre et la déposer ici par erreur. Serait-ce possible?»

La concierge fronça les sourcils, parut chercher dans sa mémoire, puis secoua la tête.

«Ma foi, monsieur, je n'en sais rien. Moi, le courrier, je ne m'en occupe pour ainsi dire pas. Le facteur fait le tri de ce qui nous est adressé et de ce qui concerne M. le comte et les gens du château. Ce sont mes fils qui portent le courrier au château, le plus souvent, du moins. Il arrive que, à l'occasion, ce soit M. Richard ou bien encore Sosthène, le jardinier, ou Bertin aussi, assez souvent... rarement M. le comte, en passant, qui emporte la correspondance. Mais je ne saurais pas vous dire s'il y avait ou non une lettre pour vous.

— Je vous remercie bien, madame, et...

— Le plus simple, ce serait que vous vous adressiez à M. le comte... ou à Richard, ajouta Mme Péronnet.

— C'est ce que je ferai... »

Michel hésita. La concierge attendait leur départ, c'était visible.

« Pardonnez-moi, madame, mais... comment va votre mari ? »

Mme Péronnet parut surprise d'une telle question et le regard qu'elle adressa aux deux garçons fut chargé de reproche.

« Mon mari se remet bien, je vous remercie. Il a la tête dure, heureusement ! »

Michel n'insista pas. Il était inutile d'essayer de démontrer leur innocence. Lorsqu'ils auraient démasqué Monsieur X, la chose serait évidente !

« Eh bien, madame, je vous remercie et je m'excuse de vous avoir dérangée ! »

Mme Péronnet ne répondit que par un signe de tête. Les garçons repartirent par le même chemin qu'à l'aller.

«En somme, s'il y a eu une lettre et si elle est arrivée au château, conclut Michel, n'importe qui, — le comte à la rigueur — a pu s'en emparer!

— Ecoute, Michel, ne nous laissons pas égarer par cette histoire de lettre. Nous avons mieux à faire. Tu oublies que nous devions harceler Monsieur X.

— Nous avons commencé, non? puisque les tableaux... enfin le faux colis qui est censé les contenir se trouve chez Richard.

— Oui, mais je commence à me demander si c'est bien là qu'il fallait le dissimuler La réaction est longue à se produire!

— Remarque que je crois de moins en moins à cette histoire de lettre en retour. Parce qu'enfin, les gens du château en auraient parlé. Les domestiques, entre eux, auraient fini par savoir qu'une lettre aussi extraordinaire, émanant de la comtesse Hortense, était revenue!

— Tu as raison... sauf si la lettre permettait à celui qui l'a lue le premier de s'approprier... je ne sais pas, moi, quelque chose de valeur dissimulé par la comtesse. Tu penses qu'il n'aurait pas, alors, clamé sa découverte sur les toits!

— Evidemment... peut-être... mais quand même!»

Michel resta silencieux jusqu'à la maison. A la façon dont il plissait le front, Daniel se rendait compte qu'il était plongé dans une profonde réflexion.

«Ecoute, Daniel, dit enfin Michel, au moment où ils arrivaient à la maison, je viens de rapprocher un certain nombre de faits. Je n'ai aucune certitude, mais c'est très tentant.

— Tentant... quoi? Tu rapproches quoi?

— Ecoute, suis-moi bien, hein? Tu ne trouves pas extraordinaire, toi, que les tableaux de la comtesse soient restés accrochés pendant toutes ces années, sans que personne ne leur accorde la moindre importance?

— Peuh, tu sais... ce sont des croûtes!

— D'accord, des croûtes. Mais des croûtes qui, tout à coup, intéressent un inconnu, notre Monsieur X, au point qu'il va jusqu'à monter tout un scénario, à nous séquestrer, pour avoir le temps de les examiner à son aise, enfin... presque!

— Bon, admettons que Monsieur X est un amateur de croûtes.

— Tu ne trouves pas bizarre, toi, que ce soit justement... *après le retour de cette lettre*, écrite par la comtesse sur son lit de mort, ne l'oublie pas, que Monsieur X s'intéresse aux croûtes!

— Bizarre... bizarre... oui et non. C'est peut-être une simple coïncidence.

— Et si ce n'était pas une coïncidence, justement! Si la lettre révélait que grâce aux indications de l'un des tableaux, grâce... je ne sais pas, moi... à des documents cachés dans l'épaisseur du cadre, ou du châssis, il serait possible de découvrir un objet de grande valeur? Hein? C'est ça qui expliquerait tout! Parce qu'enfin, n'oublie quand même pas que pour sauvegarder sa liberté d'action, pour ne pas être reconnu, notre lascar a assommé un homme et un chien.»

Daniel ne chercha pas à réfuter cette hypothèse.

«Alors, pas de doute, les fils du garde sont dans le coup de la lettre. S'ils marchent avec Monsieur X, c'est forcé!

— A moins que ce ne soient eux... Monsieur X! Eux et un troisième gars qu'ils auraient entraîné... C'est peut-être ce troisième qui a assomme le père... affolé, est-ce que je sais?

— Dans ce cas-là, nous ne risquons rien à leur

redemander la lettre. Ils auront bien une réaction. Adressons-leur un mot...

— Non, une lettre serait trop dangereuse. Un coup de téléphone, oui... Attends... rentrons mettre ça au point! »

*
* *

Henriette venait de partir pour sa promenade habituelle.

Il était huit heures et demie.

« C'est l'heure! murmura Daniel.

— J'ai l'impression que, d'une manière ou d'une autre, nous nous préparons une nuit agitée, répondit Michel.

— Tu ne crois pas que nous devrions mettre Henriette au courant?

— Pas encore! Elle est bien trop émotive. Et puis, je crois que les deux autres mettront les pouces. Il s'agit quand même de détournement de courrier!

— Et s'ils ne sont pas coupables? »

Michel esquissa un geste d'agacement.

« Ecoute, Daniel, nous n'allons pas recommencer la discussion de cet après-midi. Ils préviendront leur troisième complice et ils viendront nous demander des explications. De toute façon, cela nous permettra de tirer au clair les raisons de leur agression. »

Il décrocha le combiné du téléphone et forma un numéro.

Daniel s'empara de l'écouteur.

« Allô... bonsoir, madame, puis je parler à Marcel Péronnet?

— De la part de qui?

— Heu... d'un ami, madame. »

Il y eut un silence, l'écho d'une conversation animée, puis une autre voix demanda :

« Qui me demande ?

— Allô, c'est Marcel ?

— Oui... qu'est-ce que c'est ?

— Un petit détail seulement. Mlle Henriette de Malivert vous demande de lui rapporter tout de suite la lettre de la comtesse Hortense que vous avez prise dans le courrier, il y a un mois... Tout de suite, sinon demain matin elle dépose une plainte en détournement de correspondance. Compris ?

— Une lettre ? Quelle lettre ? Qui téléphone ?

— Aucune importance. La lettre doit être déposée dans la boîte aux lettres de la Maison des Jardiniers avant demain matin. C'est tout, bonsoir ! »

Et, sans attendre, Michel raccrocha.

« Et voilà, dit-il, nous n'avons plus qu'à attendre.

— Pourvu qu'ils ne nous empêchent pas d'aller dormir ! » soupira Daniel, en étouffant un bâillement.

Michel sourit. C'était bien là une préoccupation de Daniel au moment où allait sans doute se jouer toute la solution du mystère qui planait sur la maison depuis deux jours... Au moment où on allait sans doute savoir qui était Monsieur X !

15

Henriette était rentrée depuis longtemps. Les garçons avaient fait semblant de regagner leur chambre. Puis, très discrètement, ils étaient revenus dans l'entrée, pour attendre le retour éventuel de la lettre.

La grosse horloge de la salle de séjour sonna dix heures... Daniel étouffa un bâillement.

«Je n'y tiens plus, dit-il. Si ça se prolonge, je dors sur le carrelage.

— Marmotte, va! plaisanta Michel. Mais tu as raison. Nous allons veiller chacun à notre tour, cela vaut mieux. Je suppose que nos zèbres espèrent bien rapporter la lettre sans se faire voir. Ils se disent qu'il n'y aura aucune preuve contre eux...

— Pardon! Ils savent que nous savons...

— On peut continuer, tu sais?

— Continuer quoi?

— Le petit jeu du savon : tu sais qu'ils savent que nous savons...

— Tu peux plaisanter. N'empêche que ton idée est ridicule !

— Ridicule ? Toi, pour aller te coucher, tu dirais bien n'importe quoi.

— Peut-être, mais quand même. Si tu t'imagines qu'ils vont rapporter cette lettre, maintenant... avant d'avoir utilisé les renseignements qu'elle contient sans doute.

— Ils les ont, les renseignements. Ils n'en ont plus besoin !

— Oui, mais s'ils nous les rendent, nous pourrons nous en servir aussi. Et avant eux, puisque nous sommes sur place !

— C'est bien pourquoi je n'espère pas qu'ils rendent la véritable lettre... mais ils réagiront, et nous saurons à quoi nous en tenir... »

Daniel haussa les épaules et bâilla de nouveau.

« Tu avais dit que nous allions veiller chacun à notre tour...

— D'accord, va dormir sur le divan de la salle de séjour. Je te réveillerai dans une heure... »

Daniel ne se le fit pas dire deux fois. Resté seul, Michel arpenta d'abord le hall d'entrée, puis s'assit sur un pouf.

Lorsque onze heures sonnèrent, il ne se décida pas à aller réveiller Daniel. Il se sentait dispos et très capable de veiller encore une heure, seul.

*
* *

Avait-il somnolé ? Michel n'aurait su le dire. Pourtant, il lui semblait qu'il y avait quelques minutes à peine que l'horloge avait sonné et voilà qu'elle recommençait...

« Un, deux, trois... » compta Michel. Au douzième coup, il tressaillit, persuadé qu'il avait fait rater, par sa faute, le piège qu'il avait monté. Il se frotta les yeux et se dirigea vers la boîte aux lettres qu'il ouvrit.

Il soupira... elle était vide encore!

«J'aime mieux ça», dit-il à mi-voix.

Il s'étira, se livra à quelques mouvements de gymnastique et resta une seconde les bras étendus... bouche bée... Il avait cru entendre des pas, de l'autre côté de la porte, sur le perron.

Or, il avait imaginé, pendant toute la soirée, comment les choses se passeraient : les «autres» arriveraient très doucement, ne feraient aucun bruit et, seuls, le cliquetis du couvercle de la boîte aux lettres, le léger choc de l'enveloppe contre le fond de la boîte, avertiraient le guetteur...

Et voilà que les «autres», tout au contraire, ne semblaient nullement se cacher. Michel ne fit qu'un bond vers la salle de séjour, secoua Daniel par l'épaule.

«Arrive... ils sont là! murmura-t-il.

— Hon-hein? Vouaaaaah!» répondit le dormeur.

Pourtant, mû par le désir de ne pas manquer ce qui allait suivre, Daniel réagit plus rapidement que d'habitude.

Deux minutes plus tard, les deux cousins se retrouvaient derrière la porte d'entrée.

Le bruit des pas recommença.

«On dirait qu'ils le font exprès, murmura Daniel.

— Chut!»

Le couvercle de la boîte aux lettres claqua. Par la petite vitre qui garnissant le bas de la boîte, le rectangle blanc d'une enveloppe apparut.

Presque aussitôt, un poing rude heurta le panneau, avec insistance.

« Eh bé ! ils ne sont pas discrets, ceux-là ! constata Michel.

— Ils veulent peut-être que nous sachions que la lettre est là. »

Michel ne répondit pas. Il venait d'empoigner le bec-de-cane de la porte et le tournait lentement.

« Allume, Daniel, souffla-t-il. Vite ! »

Daniel obtempéra. Il appuya sur le commutateur. En même temps, Michel ouvrit la porte à la volée. Il resta un instant stupide en découvrant un individu masqué d'un morceau d'étoffe sombre, dans lequel étaient percés des trous pour les yeux. Dans la lumière crue de l'entrée, l'effet en fut saisissant.

L'homme — était-ce Marcel ou Victor ? — poussa un ricanement sinistre, esquissa un geste de menace, le poing tendu, puis fit demi-tour et s'enfuit, sautant d'un seul bond les cinq marches du perron.

Sans avoir besoin de se consulter, les deux garçons foncèrent à sa poursuite. Ils bondirent, eux aussi, en bas du perron et prirent leur course...

Ils sentirent tout à coup un choc brutal à la hauteur des chevilles et s'écroulèrent ensemble dans le gravier de l'allée.

Etourdi par la chute, Michel eut pourtant le temps de se rendre compte que le piège avait été bien monté : une corde avait été tendue sur le sol et quelqu'un l'avait relevée dès que l'homme masqué était passé.

Il n'eut pas le loisir de réfléchir davantage. Dans un frou-frou d'ailes, une étoffe rugueuse s'abattit sur lui, des mains nerveuses l'assujettirent autour de ses bras. Puis, en dépit de ses efforts pour résister, il se sentit ligoté solidement. Enfin,

chargé, pieds et poings liés, sur l'épaule de quelqu'un.

Le sang à la tête, Michel s'étonna de penser à un détail : il regrettait de ne pas avoir fermé la porte de la maison et d'avoir laissé Daniel foncer en même temps que lui à la poursuite de l'individu.

*
* *

Le transport dura longtemps. Du moins parut-il très long aux deux garçons qui, pliés en deux comme de simples ballots sur l'épaule de leurs porteurs, souffraient beaucoup de l'afflux sanguin à la tête.

Puis, tout à coup, ce fut l'arrêt. On les déposa sans ménagement sur un sol mou, humide, que Michel identifia aussitôt : du sable...

Il ne manquait pas de sablières abandonnées dans la forêt, des sablières dont ne subsistaient que l'étang creusé par les dragueuses et parfois quelques mètres de rails, une cabane aussi.

L'eau restait désagréablement fraîche, au cœur même de l'été.

« J'espère qu'ils ne vont pas rééditer leur exploit d'hier, pensa Michel. Ici, ce serait plus grave que dans le bassin du parc. »

Mais il apparut bientôt que leurs ravisseurs n'avaient nullement l'intention de leur faire prendre un bain forcé dans l'eau glacée. A travers l'étoffe, Michel entendit battre une porte : puis il fut soulevé, de nouveau, mais cette fois par deux hommes.

Il se retrouva assis sur un plancher — du moins crut-il sentir des planches sous ses mains — le dos appuyé contre une paroi. Au bruit, il devina que Daniel subissait le même sort.

Michel, maintenant que sa position était plus normale, recouvra rapidement son sang-froid. Il allait savoir ce que voulaient leurs ravisseurs.

Pourtant ceux-ci étaient restés absolument silencieux pendant tout le trajet. Et maintenant encore, ils se gardaient bien de laisser entendre le son de leur voix.

« Ils craignent d'être reconnus », pensa-t-il.

Puis il jugea cette pensée absurde. Aussi bien, les fils du garde ne pouvaient caresser cet espoir. Ils avaient répondu à l'appel téléphonique...

Engourdi par la position incommode dans laquelle il se trouvait, Michel s'irrita de ne plus rien entendre... Etaient-ils abandonnés, Daniel et lui, dans la nuit ?

« Daniel... appela-t-il à mi-voix. Tu es là ?

— Oui... je crois, répondit assez curieusement son cousin.

— Tu crois ?

— Je me demande si je ne suis pas en train de rêver !

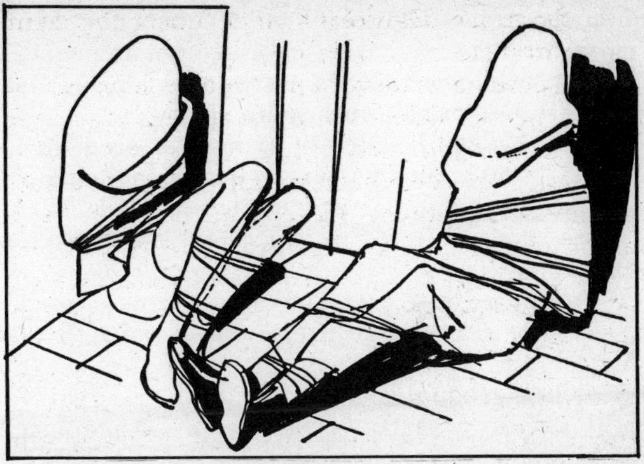

— J'ai l'impression que nous sommes seuls. Est-ce que tu peux remuer?

— Remuer... oui, sauf les bras et les jambes.

— Il y a cette espèce de couverture qui gratte. Ils auraient pu nous choisir autre chose, comme cagoule!

— Tu penses qu'ils sont partis?

— Peut-être... Ils pourront visiter la maison comme ils le voudront, c'est trop bête. La porte est restée ouverte!

— Henriette est là!

— Oui, mais elle ne se doute de rien!»

*
* *

Les deux garçons avaient fini par se taire. Daniel somnolait. Michel s'efforçait de rester lucide, après de vains efforts pour faire glisser ses liens. Il s'était résigné et ne pensait qu'à une chose : garder ses forces intactes, pour être prêt à saisir la moindre occasion favorable.

Seulement, il imaginait mal ce que cette occasion pourrait bien être. Il devinait que leurs ravisseurs devaient avoir choisi soigneusement le lieu de leur captivité. Ils ne risquaient pas d'être découverts de sitôt, sans doute.

Tout à coup, il entendit grincer légèrement la porte — du moins ce fut ce qu'il imagina. Puis des pas, légers pourtant, ébranlèrent le plancher.

Des mains rudes secouèrent Michel. Puis Daniel.

« Allons, paresseux ! chuchota une voix étrange, d'une sonorité bizarre. Cessez de dormir ! Il y a temps pour tout... »

Michel grogna. L'homme l'avait saisi par le bras, à travers la couverture, et il l'avait pincé, maladroitement.

« Maintenant, vous allez me dire ce que vous avez fait des tableaux, bande de jocrisses !

— Je ne répondrai pas tant que vous nous laisserez cette couverture sur la tête ! riposta Michel.

— C'est ce que nous verrons ! poursuivit la voix. Vous n'aurez rien à manger tant que vous ne m'aurez pas avoué où sont les tableaux. Et ne comptez pas que quelqu'un viendra vous délivrer ! J'ai truffé le terrain de pancartes "Attention, danger, explosifs !" Personne n'osera s'approcher...

— On nous recherchera !

— Prévu, mon jeune monsieur. La lettre qui se trouve actuellement dans la boîte aux lettres de la maison annonce à Henriette que vous préférez éviter les explications au sujet de l'agression du garde et que vous ne reviendrez que lorsque Mme Thérais sera de retour. Ça me laisse de la marge ! »

Michel ne trouva rien à répondre. Il réfléchissait. Le son de la voix lui était inconnu, tant il était déformé, sans doute par un artifice.

Daniel crut devoir protester :

« Henriette connaît notre écriture, elle ne marchera pas !

— J'imite parfaitement les écritures, mon jeune monsieur. Je vous mets au défi de ne pas reconnaître la vôtre ! »

Il y eut un silence, puis l'homme secoua les garçons un peu plus fort.

« Allons, mieux vaut vous décider ! Plus tôt vous avouerez, mieux cela vaudra ! Puisque, de toute façon, vous avouerez. Autant le faire immédiatement. Allons, où sont les tableaux ? »

Michel crut trouver un expédient :

« Ils sont dans un paquet qui se trouve dans le laboratoire de Richard de Malivert. »

L'autre émit un ricanement caverneux.

« Inutile de vous fatiguer, jeune jocrisse ! dit-il. Cet imbécile de Bertin a bien apporté un paquet dans ce laboratoire... mais les tableaux n'y sont pas. Vous avez cru jouer au plus fin, pas vrai ? Vous allez déchanter ! »

Michel perçut la colère naissante dans la vibration nouvelle de la voix. C'était irritant de savoir Monsieur X à portée de la main et de ne pas pouvoir l'apercevoir... Le fait qu'il avait découvert leur ruse le laissait pantois. Comment avait-il pu savoir que c'était Bertin qui avait apporté le paquet ? Une seule réponse était possible : ou bien l'homme qui s'acharnait maintenant à les faire parler était Richard de Malivert, ou bien, c'était quelqu'un à qui Bertin s'était confié. Pourtant, même en jouant la comédie, Richard n'aurait pas employé ces mots : « mon jeune monsieur ! »

En dehors des deux fils du garde, du garde lui-même, du jardinier Sosthène... — tiens tiens... on n'avait jamais pensé à ce Sosthène, il avait l'air trop calme, trop endormi. On lui faisait confiance, sur sa bonne mine. Est-ce que par hasard...

Il faut avouer que la position et la situation dans lesquelles se trouvait Michel n'étaient pas favorables à la réflexion. D'autant plus qu'il s'efforçait de saisir le moindre indice capable de l'éclairer sur la personnalité de leur tourmenteur.

« Voyons, reprit-il en lui-même, en dehors du garde et de ses fils, de ce Sosthène et de Bertin, il n'y a pas d'autres domestiques hommes, au château. Restent, évidemment, le comte et Richard... »

Il avait beau se dire que Monsieur X pouvait être quelqu'un d'étranger au château, il ne parvenait pas à s'en persuader. L'homme savait que Bertin avait porté le faux colis de tableaux chez Richard. C'était là un détail, certes, mais un détail important. Ajouté à tous les autres indices, il semblait prouver que Monsieur X appartenait bien au personnel du château... sinon aux châtelains.

« Alors, reprit la voix, on se décide ? Je vous avertis que je suis pressé. Je ne reviendrai plus maintenant avant la nuit prochaine. C'est long, toute une journée... et j'attendrai tout le temps qu'il faudra. Mais vous me le paierez très cher, ce temps, je vous le jure ! »

16

« Nous ne vous dirons rien ! » répliqua Michel.

L'autre ricana de nouveau et lui asséna un coup un peu amorti par la couverture, mais suffisamment fort pour le projeter sur Daniel. Les deux cousins se retrouvèrent dans une position très incommode et dans l'impossibilité d'en sortir.

Engourdis, courbatus, les deux cousins restèrent un long moment allongés, l'un sur l'autre, bouillant de rage impuissante.

Ils entendirent encore une fois le ricanement caverneux. Puis le bruit des pas qui s'éloignaient, sur le parquet. La porte claqua en se refermant. Un double déclic fut perçu par les prisonniers : s'agissait-il de verrou, de cadenas, ou d'une serrure ?

Et ce fut le silence. Un silence insupportable pour les garçons, immobiles, privés de l'usage de leurs bras et de leurs jambes. Ils s'efforcèrent pourtant de se redresser. S'appuyant l'un sur l'autre, tant bien que mal, avec des échecs douloureux, ponctués de chutes sur le côté, ils parvinrent enfin à se retrouver assis, côte à côte, le dos appuyé à la paroi.

Sans vouloir se l'avouer, les deux cousins connurent un instant d'intense découragement. La perspective de passer toute une journée, après une partie de la nuit, dans cette situation, les déprimait. D'autant plus qu'ils n'avaient aucun espoir d'en sortir, sans en passer par où l'exigerait Monsieur X.

S'ils avaient pu extérioriser leur colère, remuer, crier, ils en auraient été soulagés.

Tout à coup, Daniel demanda :

« Tu sais à quoi je pense, Michel ?

— A un bon lit douillet, je parie ?

— Pas du tout ! A nos travaux de jardinage ! Nos plants vont être perdus, desséchés. »

Michel, en dépit de la situation, ne put que rire.

« Tu en as de bonnes, toi ! répliqua-t-il. Penser à des plantations de fleurs, alors que nous sommes prisonniers !

— Tes liens sont très serrés, à toi aussi ? Tu ne peux pas non plus les faire glisser ?

— Rien à faire ! Ce n'est pas un apprenti, celui qui a fait ces nœuds ! »

Les deux garçons se turent. Tout effort était vain, voué d'avance à l'échec. Il ne restait plus qu'à attendre le bon vouloir de Monsieur X, et Michel, la mort dans l'âme, se demandait comment il allait faire pour ne pas donner le renseignement que l'homme exigeait.

« Il faut pourtant que nous nous libérions nous-mêmes ! » se répétait Michel.

Mais ses efforts ne faisaient qu'ajouter à sa fatigue.

Ils avaient fini par s'endormir, l'un et l'autre, d'un sommeil peuplé de rêves, de cauchemars provoqués par la douleur qui gagnait leurs bras et leurs jambes, à force d'immobilité.

Michel rêvait qu'il venait de tomber de la fenêtre de leur chambre, au premier étage de la maison de Manise. Il était tombé près de la serre et il se trouvait prisonnier de l'angle du mur. Son dos, ses bras et ses jambes lui faisaient très mal. Une voix l'appelait :

«Monsieur Michel, vous êtes là?»

Il ne découvrait personne, bien qu'il fût certain que l'appel lui parvenait de l'intérieur de leur chambre, par la fenêtre ouverte.

L'appel se répétait :

«Monsieur Michel, vous êtes là?»

Il avait beau scruter la fenêtre, ouvrir la bouche pour répondre, le choc avait été trop fort, dans sa chute, et il manquait de souffle...

Brusquement, il eut la certitude qu'il ne rêvait plus, que l'appel était... *réel!* Il ouvrit les yeux, remua, ressentit la douleur d'ankylose et écouta.

Un coup fut frappé au mur de leur prison. Et, plus proche, la voix reprit :

«Monsieur Michel,... monsieur Daniel... C'est moi, Bertin, êtes-vous là?»

Un immense soulagement, une immense certitude envahirent si brutalement l'esprit du garçon qu'il voulut courir vers cette voix qui annonçait le salut, la délivrance... Il se redressa, oubliant ses liens, pour retomber lourdement.

Bien qu'étourdi par le choc, il eut la force de crier :

«A l'aide, Bertin! A l'aide!»

Il craignit que sa voix, assourdie par la couverture, ne parvînt pas au chauffeur. Il recommença :

«A l'aide...

— J'arrive! Il y a un cadenas sur la porte... le temps de le forcer et j'arrive!»

Michel ne fit plus d'effort pour remuer. Il n'y avait qu'à attendre... Pourtant, il cria encore :

«Daniel... Daniel... tu m'entends?»

Un grognement lui répondit. Presque en même temps un craquement annonça que Bertin venait de forcer le cadenas.

Michel sentit des mains qui cherchaient les liens, une dernière pression... la couverture glissa, libéra son visage, mais ses bras restèrent inertes, éprouvant encore le contact des liens coupés par Bertin. Celui-ci, le couteau à la main, le regardait, très ému.

«Vous n'avez rien, monsieur Michel?» demanda le chauffeur visiblement alarmé.

Il s'affairait à délivrer Daniel, en grommelant des questions et des exclamations de colère, d'indignation.

«Si c'est permis! Traiter ainsi des jeunes gens comme vous! Vous pouvez dire que nous avons

été inquiets, Mlle Henriette et moi! Qui a pu vous faire ça? Qui? Et pourquoi? Si je tenais un de ces lascars! Il passerait un mauvais quart d'heure!»

Bertin entreprit de masser prudemment les poignets des garçons pour rétablir la circulation.

«Ne dites rien,... reposez-vous,... lorsque vous pourrez marcher nous retournerons à la maison où Mlle Henriette vous attend, plus morte que vive. Elle m'a avoué que vous aviez eu un visiteur, le soir où le garde a été assommé... Un voleur certainement! Moi, à votre place, j'aurais aussitôt porté plainte. Rien de tout cela ne vous serait arrivé, j'en suis sûr. Maintenant, il faut le faire, immédiatement!

— Quelle heure est-il, monsieur Bertin? demanda Michel.

— Mon Dieu... il doit être dans les midi, par là.

— Comment avez-vous fait pour nous retrouver?

— Mlle Henriette, inquiète de ne pas vous trouver ce matin, a téléphoné à M. Richard. Il y avait bien ce mot dans la boîte aux lettres, mais nous n'y avons pas cru. Seulement... quelque chose s'est produit... je ne sais comment vous le dire... et je regrette de devoir l'avouer, M. Richard n'a pas été assez prudent, avec le colis que vous lui aviez confié... Ce matin, ce colis avait disparu! Mlle Henriette a paru toute bouleversée d'apprendre ça!»

Michel et Daniel, mal remis encore de leur captivité, échangèrent pourtant un regard. La nouvelle expliquait les questions qui leur avaient été posées.

«J'en suis sincèrement navré pour vous, je vous assure. Votre idée était bonne... Je me demande d'ailleurs qui a pu savoir que le colis était là, et surtout ce qu'il contenait!»

Bertin ne cessait de se répandre en regrets sur l'incident.

« Comment avez-vous réussi à nous retrouver ? répéta Michel.

— Oh ! c'est très simple ! avoua Bertin. Je me disais que votre ravisseur... ou vos ravisseurs, ne pouvaient pas vous avoir entraînés bien loin. Mlle Henriette m'avait assuré que s'il y avait eu le moindre bruit de moteur, cela l'aurait réveillée. Il fallait donc qu'ils soient venus à pied... donc qu'ils vous aient emportés à bras ! J'ai rôdé, très discrètement, autour du parc, je me suis enfoncé dans la forêt à la recherche de toutes les cabanes de gardes forestiers, de bûcherons, et j'ai débouché dans cette sablière. Je n'ai pas cru tout d'abord que c'était là un lieu propice, je le trouvais trop dégagé à la vue... Mais lorsque j'ai aperçu les pancartes de bois, *fraîchement* peintes, notez ceci ! J'ai compris que dans une sablière abandonnée, c'était louche. Je me suis approché... et voilà ! »

Bertin rayonnait du contentement de soi, un contentement discret et de bon aloi ; on le devinait assez satisfait de lui-même.

« J'aurais bien voulu retrouver aussi le colis, pour rassurer mon maître et Mlle Henriette. Hélas ! cette satisfaction m'a été refusée ! »

Michel et Daniel éclatèrent de rire. Bertin les regarda, très choqué, se demandant visiblement ce qu'il avait pu dire de drôle pour provoquer une telle hilarité, pour le moins inattendue.

« Ne vous vexez pas, monsieur Bertin, expliqua Michel qui avait recouvré son sérieux le premier, les tableaux sont en sûreté !... »

Cette fois, ce fut un étonnement intense qui se peignit sur le visage et dans l'attitude de Bertin.

« Les tableaux ? soupira-t-il. M'expliquerez-vous ?

— Nous avons remis à M. Richard un colis qui ne contenait que des planches ou à peu près, expliqua Daniel.

— Pourquoi, mon Dieu, pourquoi? gémit Bertin. Et cela sans le dire à Mlle Henriette qui se ronge les sangs à l'idée que vous êtes victimes du voleur de tableaux!

— Nous avions nos raisons!» dit simplement Michel.

Il lui était impossible de faire part au valet des soupçons qu'ils avaient nourris envers le maître. Qu'ils nourrissaient encore, d'ailleurs...

«Monsieur Bertin, les tableaux n'ont pas quitté la maison, ajouta Daniel, jovial. Enfin... presque.»

Bertin hocha la tête.

«Je ne comprends rien à ce langage, mes jeunes messieurs, dit-il. Je crois que le plus urgent ce serait de retourner chez vous, rassurer cette bonne Mlle Henriette.»

Péniblement, à cause de leurs courbatures, les deux garçons se mirent en route. Le soleil de midi était très chaud, mais jamais chaleur ne fut mieux accueillie que celle-là. Les garçons ne cessaient de respirer à pleins poumons, en longeant la sablière. N'eût été la nécessité de retourner chez eux au plus vite, les deux cousins eussent volontiers piqué une tête dans l'étang, pour achever de dissiper les effets de leur mauvaise nuit.

Ils traversèrent la forêt, recrus de fatigue, s'enfonçant à chaque pas dans le sable des allées. Ce fut avec un soulagement extraordinaire qu'ils aperçurent enfin la maison. Bertin, sans hésiter, leur fit prendre le chemin du parc, le plus court.

«Je suis bien certain que M. le comte ne verra aucun inconvénient à votre présence ici, aujourd'hui, dit-il. D'ailleurs, je me permettrai de lui expliquer les choses.»

La porte de communication étant fermée, les garçons et le chauffeur franchirent une fois de plus la haie. Une minute plus tard, Henriette les voyait surgir dans la salle de séjour.

« Enfin ! s'exclama-t-elle. Que vous est-il arrivé ? Vous n'avez rien... vous n'êtes pas blessés ? »

Henriette posait dix questions à la file, sans laisser le temps aux garçons de répondre. Lorsque son anxiété se fut un peu calmée, Michel et Daniel purent lui faire le récit de leur aventure.

Lorsqu'ils eurent achevé, Henriette s'écria :

« Mais qui a bien pu oser faire une chose pareille ? Il faut déposer une plainte ! C'est inconcevable ! »

Michel hésita, puis il déclara :

« Je ne suis certain de rien. Pourtant j'ai bien l'impression que Marcel et Victor, les fils du garde, sont pour quelque chose dans cette affaire !

— Les fils du garde ? répéta Henriette incrédule. Mais en quoi... »

Bertin intervint :

« Ces jocrisses s'imaginent, je pense, que les jeunes messieurs sont pour quelque chose dans l'agression dont leur père a été victime. »

Michel ressentit brusquement un malaise. Il regarda Daniel et vit que celui-ci avait tiqué aussi, remarqué la même chose...

La stupéfaction les paralysa un instant. Ils restaient incrédules, incapables d'admettre que la chose fût vraie...

Bertin venait d'employer le même mot que leur tourmenteur de la nuit... Un mot suffisamment inhabituel, prononcé à voix haute cette fois, avec la même inflexion de voix...

Bertin serait Monsieur X ? Bertin aurait partie liée avec Marcel et Victor ? Mais déjà, inconscient

de ce qui se passait dans l'esprit de ses compagnons, le chauffeur poursuivait :

« Je crois, si les jeunes messieurs voulaient bien écouter mon conseil, que nous aurions un bon moyen de les démasquer !

— Mais oui, Bertin, je vous en prie ! Nous vous écoutons, affirma Henriette.

— Dites, Bertin, dites ! » ajouta Michel.

Bertin se grattait le nez avec l'air de quelqu'un qui réfléchit profondément avant de prendre une décision capitale.

« Avant toute chose, puisqu'il paraît, à ce que vous m'avez raconté, que ce sont les tableaux qui les intéressent, est-ce que... ceux-ci sont en sûreté ? »

Henriette marqua son étonnement.

« En sûreté ? Que voulez-vous dire ? »

Il fallut que Michel lui expliquât la substitution, non sans embarras. Il ne tenait pas à faire part à la jeune fille des soupçons qu'ils avaient nourris, Daniel et lui, à l'égard de son fiancé.

«Je ne comprends pas, balbutia-t-elle. Cela ne fait rien... continuez, Bertin, je vous en prie!

— Je disais donc, reprit celui-ci, qu'il importe d'assurer la sauvegarde de ce qui semble important pour ces... jeunes voyous.

— C'est fait, monsieur Bertin, déclara fermement Michel, le colis contenant les vrais tableaux se trouve dans la serre, bien dissimulé sous les bacs à terreau.»

Daniel regarda son cousin avec une expression d'intense stupéfaction. Quel besoin avait-il de révéler la cachette? Pourquoi, brusquement, estimait-il qu'il fallait lever la consigne de silence qu'ils s'étaient imposée jusque-là?

«Parfait! conclut Bertin. Je ne pense pas, en effet, que quelqu'un ait l'idée d'aller les chercher là. Ce Marcel et ce Victor sont trop stupides, si vous me permettez l'expression, pour penser à cet endroit. Parfait... parfait... mais voici ce que je me permets de soumettre à votre approbation.»

Il sortit un mouchoir et s'épongea le front.

«Il importe de confondre ces jeunes vauriens, de les prendre sur le fait. Vous m'avez bien dit qu'ils ne reviendraient à la cabane de la sablière que cette nuit?

— C'est ce qu'ils ont affirmé, en effet, dit Michel.

— Dans ce cas, si M. Richard consentait à se joindre à nous, nous pourrions leur tendre un piège, dans cette cabane, justement! Lorsqu'ils arriveraient, nous les laisserions entrer et nous les ferions prisonniers à leur tour. Il faudra bien, alors, qu'ils avouent toutes leurs manigances!

— Bonne idée, Bertin! s'exclama Henriette. Richard acceptera certainement!

— Un instant, monsieur Bertin! Je crois que votre piège est insuffisant. Nous ne pourrons rien prouver, s'ils trouvent la cabane vide. Il faudrait éviter qu'ils affirment n'être venus là que pour se promener...

— Et pourtant... murmura Bertin, un peu dépassé.

— Il faudrait que nous placions dans la cabane deux mannequins recouverts des couvertures et ficelés, afin de les obliger à parler, à se dévoiler... M. Richard et vous-même, Bertin, seriez témoins. Nous pourrions entendre, en nous approchant des murs de la cabane, les menaces qu'ils ne manqueront pas de proférer à l'encontre de leurs prisonniers... du moins ce qu'ils prendront, dans le noir, pour leurs prisonniers. »

Bertin éclata de rire.

« Excellente idée, messieurs, excellente idée! Si vous me le permettez, je me charge de la confection des mannequins.

— Bien entendu, Bertin, faites pour le mieux! assura Henriette.

— Puis-je encore suggérer autre chose, reprit Bertin, très modeste dans toute son attitude. Je crois qu'il conviendrait que les jeunes messieurs ne perdissent pas la serre de vue, de toute la journée... enfin, de tout l'après-midi. Il ne faudrait pas qu'au moment où nous allons démasquer les coupables, l'enjeu disparaisse à son tour...

— C'est entendu, monsieur Bertin, assura Michel. C'est ce que nous allons faire. »

Bertin se frotta discrètement les mains. Son visage exprimait une intense jubilation.

« Eh bien, dans ce cas, si nous fixions tout de suite l'heure de l'embuscade? Je pense qu'à la nuit tombante — ce serait par conséquent vers neuf heures —, nous pourrions nous retrouver tous, près du pavillon de chasse.

— D'accord, dit Michel.

— Et de là, nous gagnerions la sablière, pour y prendre nos oiseaux au gîte!»

Il émanait une telle autorité de Bertin, d'ordinaire si effacé, si compassé dans ses formules, ses phrases de politesse suave, qu'Henriette elle-même n'en revenait pas.

Lorsque le valet chauffeur fut parti, elle déclara :

«Nous devrons une fière chandelle à Bertin, dit-elle.

— Je le crois, oui!» répondit Michel.

Mais la jeune fille ne put deviner ce que voulait dire exactement le garçon, qui ajouta :

«Et maintenant, Daniel, au travail... nous avons une chose urgente à faire...»

Sans vouloir s'expliquer davantage il entraîna son cousin dans le jardin, vers la serre...

17

Michel et Daniel pénétrèrent dans la serre. Sans un mot, la cachette fut examinée. Un sourire de soulagement éclaira le visage des deux cousins. Daniel redevint sérieux, immédiatement.

« Qu'est-ce qui t'a pris, Michel, de dévoiler la cachette à Bertin ? Tu n'as pas compris ?

— Compris quoi ? Que c'est lui Monsieur X ? Tu parles ! Il n'y a pas trois hommes alentour dans un rayon de cent kilomètres qui emploieraient "jocrisse" comme il le fait. Il aurait dû tenir sa langue !

— Et toi ? Tu crois que tu n'aurais pas mieux fait de tenir la tienne ?

— Non, je ne crois pas.

— En tout cas, il ne reste qu'une chose à faire : changer les tableaux de place. »

Michel haussa les épaules.

« Pas d'accord, mon vieux. Nous allons les surveiller jusqu'à ce soir, comme... *Bertin nous l'a conseillé*. Et puis, nous nous rendrons près du pavillon de chasse, retrouver notre homme et Richard.

— Et si les tableaux sont enlevés, pendant ce temps-là ?

— Ils ne le seront pas! Je vais avertir Henriette pour qu'elle demande à Richard de ne pas quitter Bertin de la soirée. Donc, Bertin ne pourra pas se rendre au pavillon seul. Il ne pourra pas non plus faire un détour par ici... du moins pas avant que nous ne soyons tous installés autour de la cabane de la sablière à attendre les autres!»

Daniel regarda son cousin, d'un air stupéfait.

«Je regrette, Michel, dit-il, mais je ne comprends pas.»

Michel sourit.

«C'est pourtant simple, écoute-moi bien... voilà ce que nous allons faire.»

A mesure que Michel parlait, le visage de Daniel se détendait.

Lorsque son cousin eut terminé ses explications, il s'écria :

«Splendide, mon vieux... absolument sensationnel! On va rire!

— Et surtout... on va finir par savoir enfin ce qui l'intéresse, dans ces tableaux!»

*
* *

La nuit tombait lentement. Le ciel restait bleu et pur, mais déjà deux ou trois étoiles scintillaient et la lune, pâle et marbrée de gris, avait fait son apparition au-dessus de la forêt.

Le silence s'établissait peu à peu. Michel et Daniel arpentaient la salle de séjour, cependant qu'Henriette surveillait la serre, de la fenêtre de sa chambre. Elle avait relayé les garçons pendant qu'ils dînaient.

«Je crois qu'il va être l'heure, déclara Michel, en consultant la grosse horloge.

— Allons-y», dit Daniel.

Ils se dirigèrent vers la porte d'Henriette. Celle-ci répondit aussitôt à leur appel.

«Nous partons... vous savez ce que vous devez faire, n'est-ce pas?

— Ne craignez rien... Je ferai pour le mieux. Bonne chance!

— Merci. Je crois que nous en aurons besoin!»

Les deux garçons franchirent la porte de communication qu'ils laissèrent entrouverte.

Ils traversèrent le parc sans encombre et parvinrent au pavillon de chasse. Deux silhouettes s'en détachèrent aussitôt et Richard de Malivert précéda Bertin.

«Nous sommes fin prêts, dit-il. J'avoue que je suis impatient de ramener ces deux farfelus à une plus saine conception de la conduite en société.

— Cela ne saurait tarder, monsieur, répondit Bertin. Si vous voulez bien me permettre d'exprimer un avis...

— Faites, Bertin, faites...

— Il me semble que nous devrions approcher de la cabane séparément. Nous aurons ainsi plus de facilité à passer inaperçus et une plus grande liberté de manœuvre.

— Adopté! décida Richard. Vous ne voyez aucun inconvénient à cela, messieurs?»

Michel et Daniel furent de l'avis de Bertin.

«Nous nous séparerons donc un peu plus loin, si vous le voulez bien, reprit celui-ci. Dès que nous approcherons de la lisière de la forêt, près de la sablière.

— Eh bien, ne tardons plus... allons!» déclara Richard.

Bertin en tête, le groupe s'ébranla en direction de la cabane. Michel et Daniel marchaient en queue. La progression dura une vingtaine de minutes.

Lorsque, à travers les arbres, l'espace libre de l'étang commença à paraître, Bertin s'arrêta. Les autres se rapprochèrent de lui.

«Nous y sommes, chuchota le valet. Si vous le permettez, je vais aller me placer du côté de la porte, derrière un buisson de saules... Il est nettement visible. Dès que vous me verrez en sortir... après l'arrivée de nos jeunes vauriens, accourez sans bruit. Nous les surprendrons alors, comme nous en sommes convenus.

— Je vais m'installer de ce côté, déclara Richard, en désignant sa gauche.

— Nous allons nous dissimuler de l'autre côté, dit Michel.

— Il me faut faire un détour par l'intérieur de la forêt, expliqua Bertin. Il serait imprudent de traverser directement l'espace découvert. A tout à l'heure!»

Et Bertin s'éloigna.

Richard ne tarda pas à l'imiter, cependant que Michel et Daniel faisaient mine de se rendre à l'emplacement qu'ils avaient choisi.

«C'est le moment», souffla Michel.

D'un brusque écart, les deux garçons disparurent dans les fougères du sous-bois ; ils se mirent à ramper, sur les coudes et les genoux, le plus vite qu'il leur fut possible... *en direction du château!*

Ils arrivèrent ainsi, en sueur et hors d'haleine, en vue du pavillon de chasse qui dressait sa masse sombre sur le ciel encore lumineux. Ils se relevèrent pour longer la lisière de la forêt avant de s'engager, courbés vers le sol, dans l'allée qui conduisait à la Maison des jardiniers.

Un instant, Michel s'arrêta.

« Tu crois qu'il est devant ? demanda Daniel.

— Je l'espère, oui. »

Ils se confondaient le plus possible avec les bosquets, les arbustes et les troncs d'arbres qui jalonnaient l'allée. Parvenus à proximité de la porte de communication entre le parc et le jardin de Manise, au lieu d'obliquer vers elle en traversant l'espace découvert, ils poursuivirent leur approche en longeant le mur de clôture du parc et se tapirent derrière la haie.

« Premier acte ! chuchota Michel. C'est le plus facile.

— Pourvu qu'Henriette n'intervienne pas trop tôt !

— Imagine Richard, qui surveille la cabane. Il va trouver le temps long !

— Nous irons le rechercher, dès que... tout sera terminé.

— Hé !... chut... voilà Bertin ! »

Une silhouette venait d'apparaître, en effet, sur la tache claire de l'allée de gravier. Alors que jusqu'alors Bertin portait sa casquette de chauffeur, il portait maintenant un chapeau.

« Il est fin prêt pour la fuite ! » pensa Michel.

L'homme s'approchait silencieusement, sans réussir pourtant à empêcher les graviers de crisser sous ses pas. Daniel et Michel, bouche bée, respiraient péniblement, soucieux d'entendre autant que de voir.

Bertin s'arrêta un court instant à la porte de communication avant de pénétrer dans le jardin. Sans plus hésiter, il se dirigea vers la serre et disparut à l'intérieur.

Sans bruit, les garçons allèrent se placer, toujours accroupis, de chaque côté de la porte du jardin.

Ils étaient tendus, nerveux, incapables de dominer leur excitation. Ils ne parvenaient pas à comprendre quel intérêt étrange les toiles de la comtesse Hortense pouvaient bien offrir à Bertin. Quel jeu jouait donc celui-ci?

Haletants, les deux garçons tendaient l'oreille, n'osant risquer un regard par-dessus la haie, de crainte de tout faire rater.

Il leur sembla soudain que les choses ne se passaient pas comme ils l'avaient prévu... Ils avaient cru que Bertin pénétrerait dans la serre, se mettrait en quête du colis et sortirait aussitôt... Or, il y avait déjà trop longtemps qu'il s'y trouvait pour que les choses fussent aussi simples...

« Est-ce qu'il n'aurait pas trouvé le colis? pensa Michel. C'est impossible... sachant qu'il se trouve sous le bac à terreau... Alors... Pourvu que... »

Il n'osait pas formuler sa pensée. Qui sait si Bertin n'avait pas trouvé un moyen de sortir par l'autre extrémité... Un carreau démastiqué... une ouverture qu'ils n'auraient pas remarquée, peut-être?

« Et Henriette qui attend pour intervenir! »

Michel bouillait d'impatience. Surgir dans la serre, c'était risquer une lutte que rendait difficile l'exiguïté de l'allée, entre les bacs à terreau... Attendre, c'était risquer un échec... Que faire?

« Tant pis, se dit-il, tout vaut mieux que d'attendre! »

Il franchit l'espace qui le séparait de Daniel.

« Il se passe quelque chose d'imprévu, murmura-t-il à l'oreille de son cousin. Il faut aller voir.

— Tu crois? On risque de tout faire rater!

— Non, je ne crois pas... Reste à trois pas derrière moi. »

Daniel n'eut pas le temps de protester, déjà Michel s'engageait dans le jardin et progressait à pas rapides. L'action dénouait en lui toute excitation, toute anxiété.

Il arriva près de la porte de la serre, dans l'attitude de la marche indienne... Il risqua un œil au-dessus du panneau métallique de la porte. Le verre sale ne lui permit d'apercevoir, dans la quasi-obscurité, qu'une ombre qui s'agitait fébrilement... du moins était-il possible de le deviner.

Michel respira, soulagé. Bertin était toujours là... Le piège restait tendu...

Ce fut alors que l'inévitable se produisit. Henriette, trompée par la présence des deux ombres, entra en action. Elle ouvrit brusquement les volets de sa chambre et braqua le faisceau d'une lampe électrique sur la serre. Or, il avait été prévu qu'elle ne devait agir ainsi que lorsque Bertin sortirait, ou lorsqu'elle craindrait l'intervention des deux fils du garde, s'ils se présentaient.

Pris dans la lumière, les deux garçons ne surent tout d'abord que rester immobiles, espérant qu'Henriette se rendrait compte de son erreur et qu'elle éteindrait. Michel, d'instinct, ferma les yeux afin de n'être pas ébloui...

« Que va faire Bertin, pensait-il, comment va-t-il réagir ? »

Il aurait voulu crier à Henriette d'éteindre la lampe, mais il aurait ainsi renseigné l'homme sur leur présence.

« Michel, Daniel... c'est vous ? » cria la jeune fille.

C'était la catastrophe. Michel devina qu'il fallait brusquer les choses. Trop de réflexion allait remettre tout en question. Il ouvrit brusquement la porte et fonça en direction de l'ombre. Il vit un bras se lever et il se protégea la tête comme il put.

Quelque chose s'abattit violemment et le frappa à l'épaule. Il réagit et fut surpris de sentir sous ses doigts... un tableau dont Bertin venait de lui assener un coup, en frappant avec la tranche du châssis.

La toile avait reçu un choc. Michel esquiva un nouveau coup et fonça, tête baissée, sur l'ombre silencieuse.

Le résultat fut surprenant. En rupture d'équilibre, l'homme bascula en arrière et se retrouva allongé... dans le terreau fraîchement remué par les garçons.

L'homme se débattit. D'un coup de pied, il brisa une vitre, qui s'écroula dans un grand bruit. Daniel se précipita. Il s'empara de la cordelette préparée par eux près de la porte et revint aider Michel.

Le terreau ne fournissait que peu d'appui à leur adversaire, qui se débattait de son mieux. Michel parvint à entourer l'un des pieds de Bertin avec la corde, mais il ne réussit pas à attacher l'autre.

Daniel, lui, s'efforçait de retenir les bras du chauffeur, qui faisait voler autour de lui des poignées de terreau.

Une lumière dansa devant la porte.

« Mon Dieu! s'exclama Henriette, que se passe-t-il? »

Elle arrivait, inquiète... et faillit piétiner le tableau tombé dans l'allée.

« Emportez les tableaux, cria Michel, et téléphonez aux gendarmes! Vite!

— Richard... où est Richard? demanda encore la jeune fille.

— Il est... en sûreté! Faites vite, Henriette! »

Daniel reçut un coup de poing sur l'œil et faillit lâcher prise. Henriette obéit et disparut, emportant le paquet de tableaux et celui que Bertin avait sorti.

L'homme cessa de se débattre. Les garçons relâchèrent machinalement leur étreinte.

D'un effort brutal qui surprit les deux cousins, Bertin se redressa, esquissa un ramper rapide dans le terreau et se laissa rouler à terre. Il se releva et partit en courant.

Mal remis de leur stupéfaction, les deux garçons foncèrent à sa poursuite.

Bertin était déjà arrivé à la porte, il se glissa dans l'ouverture. Daniel avait ramassé l'une des lampes et éclaira le fugitif. Michel arriva à son tour près de la porte et il s'apprêtait à sauter sur le chauffeur, lorsque celui-ci, poussant un cri de rage, s'écroula en avant, face contre terre. Michel plongea, se saisit des bras de l'individu et les ramena en arrière.

Daniel, qui arrivait, poussa une exclamation :

« Ça, alors, c'est trop drôle! »

Mais Michel lui intima :

« Tu t'amuseras après, vite, viens m'aider ! »

A eux deux, ils parvinrent à maintenir le chauffeur qui ne se débattait que faiblement.

« C'est la corde... la corde qu'il avait au pied, expliqua Daniel. Elle s'est coincée au passage, sous la porte. C'est pour ça qu'il est tombé ! »

Il semblait bien que le chauffeur se fût assommé, dans sa chute imprévisible. Daniel put récupérer la corde et, cette fois, ligoter les poignets de l'homme.

« Tu sais ce que je vais faire ? dit-il. Je vais aller chercher Richard...

— Avant, aide-moi à conduire ce lascar dans la maison ! »

Dix minutes plus tard, laissant Bertin « assis » sur une chaise de la cuisine à laquelle il était solidement attaché, Daniel fonça dans le parc, à la recherche de Richard.

18

La scène ne manquait pas de pittoresque.

Richard et Henriette surveillaient Bertin très pâle sur sa chaise, les lèvres serrées. L'homme avait refusé de répondre à toutes les questions qui lui avaient été posées.

Pendant ce temps, Daniel et Michel ouvraient le colis de tableaux Michel examina la toile abîmée, avec le châssis de laquelle Bertin l'avait frappé, au moment de son irruption dans la serre.

Un bruit de moteur se fit entendre, au-dehors... il s'arrêta devant la porte de la maison. Quelques minutes plus tard, la sonnerie de l'entrée retentit.

Henriette alla ouvrir. Deux gendarmes apparurent qui touchèrent avec ensemble leur képi d'un doigt.

« C'est bien ici que l'on a appelé, mademoiselle ? Chez Mme Denise Thérais ?

— Entrez, messieurs, entrez ! »

Les deux gendarmes suivirent la jeune fille dans la cuisine et restèrent un peu interloqués en découvrant le prisonnier.

« Eh bé ! notre travail est fait, à ce qu'il paraît ! s'exclama le brigadier. Qui est cet oiseau ? »

Bertin, qui avait ouvert les yeux à l'arrivée des gendarmes, les avait refermés aussitôt.

« Un oiseau qui ne chante pas, à ce qu'on dirait, chef, constata le second gendarme.

— Nous verrons, nous verrons... Mais ces messieurs-dames vont nous mettre au courant... Et d'abord, Poupion, vous allez relever le nom et les qualités des plaignants et des témoins-z-éventuels. Vous permettez, monsieur, mademoiselle ? »

Le gendarme avança une chaise afin que son subordonné pût s'asseoir à la table de la cuisine.

Celui-ci sortit un carnet de sa sacoche et le posa sur la table.

Au nom de Richard de Malivert, d'Henriette de Malivert, les deux gendarmes manifestèrent un respect visible. Et les regards qu'ils adressèrent au malfaiteur furent, du même coup, plus chargés de soupçons.

Henriette et Richard expliquèrent ce qu'ils savaient de l'affaire. Le gendarme prenait des notes, soulignait ce que le brigadier jugeait important.

« En somme, résumons les faits, reprit celui-ci. Vous avez surpris cet individu au moment où il s'emparait d'un tableau dans la serre de votre jardin...

— C'est exact, monsieur, dit Henriette.

— Remarquez, poursuivit le brigadier, jé ne vois pas très bien pourquoi ce tableau se trouvait dans une serre abandonnée. L'humidité du lieu, la chaleur aussi, dans la journée, ce n'était pas le meilleur moyen de conserver une toile, sans doute. Enfin, vous aviez certainement une bonne raison!

— C'est que...» commença Henriette.

Mais un double hurlement l'interrompit. Une seconde plus tard, Michel et Daniel faisaient irruption dans la cuisine en brandissant le tableau «choisi» par Bertin dans le paquet.

«Hourra! clama Michel. Nous avons trouvé!»

La vue des gendarmes ne freina pas leur enthousiasme. Le brigadier, surpris, les regarda d'un air sévère.

«Voyons... ne serait-ce pas là, les deux... jeunes gens que le garde Péronnet accuse de l'avoir assailli, nuitamment...

— C'était une erreur! assura Henriette. Mais je crois que...

— Il y a un second tableau, sous le premier! dit Michel tout excité. La peinture s'écaille à l'endroit du choc.»

Une soudaine rougeur trahit la colère de Bertin.

«Ho! ho! s'exclama Michel, on dirait bien que la nouvelle ne fait pas plaisir à notre ami Bertin! En plein dans le mille, n'est-ce pas, mon cher Bertin? Il y a là quelque chose d'important, Henriette, j'en suis sûr!

— Quelque chose d'important? Comment a-t-il pu savoir? murmura la jeune fille.

— Ça, c'est à lui de nous le dire!» s'écria Daniel.

Bertin gardait les yeux fermés et toute son attitude disait assez qu'il ne serait pas facile de le faire avouer.

«Voyons, voyons! intervint le brigadier, ne nous égarons pas. Veuillez, je vous prie procéder par ordre. Poupion, veuillez enregistrer les déclarations de ces deux jeunes gens.»

Avec un sourire, Michel et Daniel s'exécutèrent. Ils bouillaient d'impatience, mais, maintenant qu'ils touchaient au but, ils pouvaient bien supporter que les gendarmes fissent leur métier. Lorsque leurs réponses furent consignées sur le carnet, le brigadier soupira :

« Bien, cependant tout cela ne nous dit pas comment cet individu a pu connaître l'existence d'un tableau de valeur... »

Michel manœuvra adroitement pour gagner la salle de séjour et se glisser dans l'entrée. Il sortit sans bruit et fonça vers le garage.

« Bertin avait certainement tout préparé pour sa fuite, se dit-il. S'il y a une explication, c'est là-bas qu'elle se trouve ! »

Un instant, il craignit que la petite porte latérale ne fût fermée.

« Impossible, conclut-il, Bertin devait être bien trop pressé... »

En effet, la porte était ouverte. Michel s'étonna même de découvrir de la lumière. Il n'eut pas fait deux pas à l'intérieur qu'il comprit pourquoi : Sosthène, le vieux jardinier, et les fils du garde s'y trouvaient, en train de bavarder.

Un instant, Michel songea à battre en retraite, d'autant plus que le trio ne l'avait pas vu entrer. Les trois hommes se tenaient près de la porte métallique du garage, grande ouverte celle-là.

Michel se mit à quatre pattes, pour profiter de l'abri que représentait la voiture de Richard. Il resta immobile, un peu essoufflé par sa course. Il avait besoin de réfléchir avant d'agir. La présence des trois intrus constituait un élément nouveau. Elle allait compliquer considérablement son action. Il ne s'agissait pas d'essayer de convaincre les fils Péronnet, de leur expliquer...

Michel s'approcha de la voiture de sport, très basse de carrosserie.

« Voyons... se dit-il. Si Bertin avait l'intention d'utiliser cette voiture pour s'enfuir, ses affaires sont déjà à bord... »

Il imagina une valise, un paquet, peut-être...

« Où peut-il bien les avoir placés... sur le siège ? » Il jugea que c'était trop visible, en cas de curiosité de la part de Sosthène, voisin de chambre du chauffeur.

« Dans le coffre ? Il faudrait la clef... et Bertin l'a sans doute sur lui. »

Michel répugnait à l'idée d'avoir affaire aux gendarmes et de faire fouiller Bertin devant eux. Tout à coup, une pensée lui vint.

« Puisque Bertin devait être pressé, il n'a peut-être pas fermé le couvercle du coffre à clef. Il avait peut-être l'intention de glisser le tableau dedans ! »

Doucement, Michel se saisit de la poignée du coffre et la tourna.

Malheureusement pour lui, il n'avait pas prévu que l'ouverture du coffre était une ouverture «assistée», c'est-à-dire rendue plus facile par la poussée d'un ressort. La poignée lui échappa des mains et le couvercle se dressa avec un bruit sec.

Michel aperçut la valise, s'en saisit et fila vers la petite porte, sans attendre la réaction des trois autres.

Il entendit un cri de surprise, puis la galopade d'une poursuite.

Il n'eut pas besoin de se retourner pour deviner qui le poursuivait.

Il repoussa la petite porte sans se faire d'illusion. Ce n'était pas cet obstacle dérisoire qui allait ralentir suffisamment ses poursuivants.

Michel sprinta éperdument. Il ignorait les raisons de la présence de Marcel et de Victor dans le garage. Mais il était suffisamment établi maintenant que les deux fils du garde étaient les complices de Bertin.

Michel ne tenait pas à ce qu'ils s'emparent de

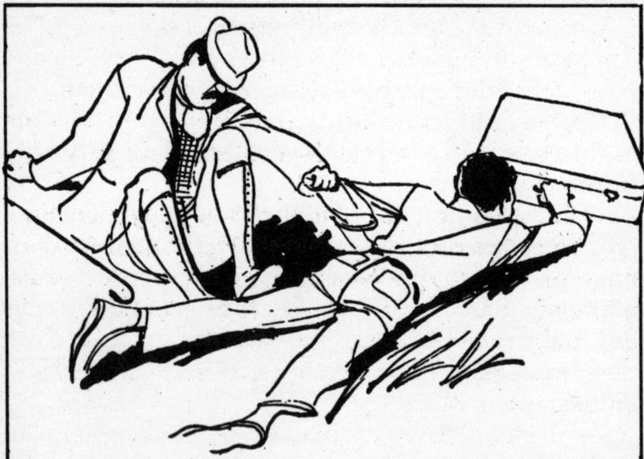

la valise de celui-ci... et de la preuve qui s'y trouvait, vraisemblablement...

Il ne se retourna pas une fois. Il savait que ce geste risquait de ralentir sa course, de le déséquilibrer et de le faire tomber.

Soudain, dans l'allée, une ombre surgit devant Michel. Si soudainement que le garçon, en dépit d'un écart désespéré pour éviter l'obstacle... ou l'ennemi, n'y parvint pas. Il heurta en plein un homme vêtu de velours côtelé — ce fut tout ce dont Michel put se rendre compte — et il sentit l'obstacle se dérober... en s'agrippant à lui.

« Flûte, pensa Michel, c'est trop bête! »

« Par le sang bleu! grommela l'obstacle. Brute stupide! Et l'on ne s'excuse même pas, bien entendu! »

Michel, sidéré, reconnut la voix du comte de Malivert.

Il n'eut pas le temps de proférer un mot. Ses poursuivants furent sur lui avant qu'il ait pu se dégager de l'étreinte du comte, toujours agrippé à lui.

Une lampe électrique illumina la scène.

« On le tient! clama une voix

— Attention, ils sont deux! » cria un autre.

Mais les poursuivants s'arrêtèrent net, lorsque le faisceau de la lampe éclaira en plein le visage furieux du comte.

« Qu'est-ce que ça veut dire? maugréa celui-ci. Qui vous a permis de jouer aussi brutalement dans mon parc? On ne peut plus se promener paisiblement sans risquer de se faire renverser par des malotrus!

— Monsieur le comte, c'est lui! s'écria Marcel en désignant Michel.

— Il vient de voler une valise dans la voiture de Bertin. »

Le comte ne parvenait pas à se remettre. Il se releva péniblement et grogna :

« Voler une valise ? La voiture ? Quelle voiture ? Bertin aurait-il une voiture ?

— Dans la voiture de M. Richard, rectifia Victor.

— Voyons, jeune homme, demanda le comte, que signifie au juste... C'est vrai, ma foi ! Vous avez une valise ?

— C'est exact, monsieur le comte, cette valise appartient bien à Bertin, et j'allais la porter aux gendarmes qui l'interrogent maintenant, chez nous, dans la cuisine. Ces messieurs seront sans doute moins fiers quand les gendarmes viendront ensuite les interroger, eux aussi ! »

Un silence tendu suivit cette sortie. Marcel et Victor esquissèrent même un pas de retraite.

« Une minute, mes lascars ! s'écria le comte. Tout ceci me paraît assez peu clair... Seriez-vous devenus muets, messieurs Péronnet ? Qu'attendez-vous pour vous expliquer...

— C'est que... dit l'un.

— On voulait... » commença l'autre.

Le comte n'hésita qu'une minute.

« Par le sang bleu, messieurs, j'en aurai le cœur net ! Vous, jeune homme, conduisez-nous chez vous... Mme Thérais est-elle là ?

— Non, monsieur, et elle regrettera de n'avoir pas été là pour vous accueillir.

— Il faudra donc que je m'excuse auprès d'elle, mais il se passe trop de choses dans mon parc. Et vous, les Péronnet, veuillez me suivre et ne pas manquer de vous présenter aux gendarmes, si gendarmes il y a. Je veux que dès ce soir la situation soit aussi nette que possible, je n'en démordrai pas ! »

Et un étrange cortège se forma, derrière

Michel. Sosthène moins rapide, arrivé sur les lieux le dernier, fermait la marche en grommelant. Il ne comprenait strictement rien à ce qui se passait.

*
* *

L'arrivée de Michel et du comte, puis des fils Péronnet produisit des « mouvements divers ».

Le comte encaissa sans broncher le coup que lui porta la présence de son fils dans une maison où il aurait préféré ne pas le trouver.

Henriette cacha mal un mouvement d'effroi. Richard éprouva d'infinies difficultés à sourire... jaune.

Mais la vue des fils Péronnet provoqua sur le visage de Bertin une nouvelle et trop visible émotion. Marcel et Victor, émus par la présence des gendarmes, par la situation de Bertin, toujours ficelé sur sa chaise, arboraient un air ahuri. D'autant plus que Michel, très à l'aise, avait déposé la valise sur la table.

Bertin roula des yeux blancs en apercevant son bien, et, pour la première fois depuis son « arrestation », il manifesta autre chose qu'un souverain mépris. Le visage furieux, les sourcils froncés, il s'écria d'une voix étrangement nouée :

« Qui vous a permis ? »

Les gendarmes, reconnaissant le comte Hubert, parurent médusés par le changement qui se produisait dans la situation.

« Monsieur le comte... nous sommes très honorés de votre présence, mais nous devons poursuivre notre enquête, n'est-ce pas ? Vous le comprendrez...

— Poursuivez, messieurs, poursuivez, dit le comte, très rondement. Que se passe-t-il exactement ? J'espère que vous avez une raison suffisante pour traiter ainsi l'un des serviteurs de ma maison ?»

Le brigadier résuma la situation, au point où elle en était avant le départ de Michel.

«Il semble d'ailleurs qu'un élément nouveau vienne de se produire, ajouta-t-il, avec l'irruption de ce jeune homme. Je ne l'avais pas vu partir!»

Le comte, lui, regardait le tableau déchiré, d'un air étonné.

Michel intervint.

«Si vous le permettez, messieurs, dit-il, je vais vous expliquer les raisons de tout cela.»

Il raconta comment il estimait que Bertin avait eu l'intention de s'enfuir avec le tableau. Comment il avait supposé qu'une preuve de cette intention se trouvait peut-être dans la voiture et, par conséquent, dans la valise.

«Une preuve? grommela le brigadier...

— Je vous interdis! clama Bertin.

— Oh! oh! repartit le brigadier. Il me semble que nous nous échauffons la bile... Voyons un peu si l'idée de ce jeune homme était bonne.»

Le brigadier ouvrit la valise sans peine. Il fouilla les objets et les vêtements qui se trouvaient à l'intérieur. Il en déposa le contenu sur la table, méthodiquement. Bertin semblait hors de lui.

Rien de spécial, en dehors des vêtements, des chaussures, d'une trousse de toilette, n'attira l'attention des gendarmes.

Déçus, ceux-ci regardèrent Michel, qui n'était pas à son aise. Il aurait tant voulu que le mystère qui pesait sur la maison et les tableaux de la comtesse Hortense fût levé ce soir-là!...

«Vous permettez?» dit-il tout à coup.

L'attitude de Bertin l'avait trahi. Il n'était pas possible que l'homme eût manifesté une telle rage si quelque chose d'insolite ne se fût pas trouvé dans la valise.

Michel glissa la main entre les plis d'une veste et triomphalement sortit une enveloppe grise, portant l'en-tête des P. et T. et passablement chiffonnée.

« Voici la preuve ! » s'écria-t-il.

Bertin se laissa aller sur la chaise, vaincu, sans force apparente, prêt à s'écrouler.

Tous les assistants se rapprochèrent de Michel qui, rayonnant, sortit de la pochette grise une enveloppe blanche fatiguée et la tendit à Henriette.

« Voici votre courrier, mademoiselle de Malivert, dit-il. Avec neuf années de retard... mais il n'est jamais trop tard pour bien faire.

— Ainsi, ce journaliste avait dit vrai ? » murmura Henriette, en prenant l'enveloppe d'une main tremblante.

Elle lut l'adresse d'un air égaré, tant sa surprise était forte. Tous les assistants avaient les yeux fixés sur elle. La jeune fille parvint à faire glisser trois feuillets hors de l'enveloppe. Trois feuillets couverts d'une haute écriture qu'Henriette lut difficilement, tant son émotion était grande. Lorsqu'elle eut terminé, elle ne put que tendre la lettre à Richard. Elle était pâle, hors d'elle-même, comme si elle ne pouvait pas croire ce qu'elle venait de lire.

Richard, renfrogné tout d'abord, pâlit à son tour.

« Mais enfin, tonna le comte, me direz-vous ce qui se passe ici ! »

Il avait traduit l'impatience de tous, mais se rendant compte de ce que sa curiosité était déplacée — puisqu'il s'agissait d'une lettre adressée à Henriette, donc tout à fait personnelle — il balbutia :

« Pardonnez-moi, ma cousine, mais j'avoue que je suis hors de moi ! »

La vérité, c'était que le comte supportait difficilement la présence de son fils auprès d'Henriette et le geste de confiance que celle-ci venait de faire spontanément.

Les gendarmes, eux, légèrement ébahis, regardaient tour à tour les assistants en se demandant s'il fallait ou non intervenir. La présence du comte les paralysait aussi. Quant à Marcel et à Victor, ils se dandinaient d'une jambe sur l'autre en souhaitant visiblement être ailleurs.

« Ce n'est pas possible ! balbutia Richard... un Rembrandt ! Il y aurait un Rembrandt... sous cette peinture... C'est... c'est... c'est...

— ... inimaginable ! termina pour lui Henriette.

— Un... Rembrandt ? demanda le brigadier en retournant le cadre. Mais je ne vois rien sous cette peinture ?

— Un Rembrandt répéta le comte... Si c'était vrai, vous voilà fabuleusement riche, ma cousine ! » persifla le comte, soudain très pâle, lui aussi.

Les deux garçons, eux, échangèrent un regard de fierté. Ils avaient enfin résolu le mystère des toiles...

Ils n'étaient pas tellement curieux de savoir le reste. D'ailleurs, ils devinaient que les explications ne sauraient tarder.

Henriette reprit possession de la lettre, mais ce fut pour la tendre gracieusement au comte Hubert qui esquissa d'abord un geste de dénégation, très digne... la curiosité fut la plus forte.

« Puisque vous y tenez, ma cousine », dit-il.

Lorsqu'il eut achevé à son tour, il soupira :

« C'était bien là une idée qui pût venir à la comtesse Hortense, dit-il. Enfin, puisqu'elle a réussi, n'insistons pas ! »

Le brigadier jugea qu'il avait laissé suffisamment parler les membres de la famille :

« Si vous le permettez, monsieur le comte, j'aurais maintenant quelques questions a poser.

— Faites, mon ami, faites. Mais je pense que je n'ai plus rien à faire ici. Quant à vous, Richard, je suppose que vous allez m'accompagner... maintenant que votre cousine est riche, votre place n'est plus dans cette maison... il me semble. »

Richard esquissa une grimace et Henriette s'alarma :

« Monsieur le comte, dit-elle, je n'ose comprendre ce que vous insinuez. Richard, sachez que cette soudaine fortune ne change rien à mes sentiments ! »

Le brigadier, un peu gêné d'assister à cette scène de famille, fit la grosse voix :

« Pardonnez-moi, monsieur le comte, mais votre témoignage me sera précieux. Estimez-vous, mademoiselle, que la lettre qui vient d'être découverte puisse être utile à l'enquête ?

— Bien sûr, monsieur le brigadier. La voici. »

Les deux gendarmes prirent ensemble communication de la lettre.

Un peu effarés, ils lurent le « document utile à l'enquête ». Après des considérations affectueuses sur les bonnes vacances que sa « chère petite cousine Henriette prenait en compagnie de la bonne Denise », la comtesse Hortense de Malivert en venait au véritable sujet de sa lettre.

« Ma chère petite, tu es encore bien jeune sans doute, pour comprendre et apprécier ce que je vais te révéler. Mais avec l'aide de ma bonne Denise, je suis sûre que tout ira bien.

« Lorsque les menaces de guerre se sont précisées, j'ai bien réfléchi. Je ne pouvais pas risquer de voir notre fortune réduite à néant et j'ai cherché quel était le meilleur placement. Je me suis renseignée très discrètement et j'ai acquis la conviction qu'un tableau de maître offrait toute garantie de ce côté. J'ai donc acquis secrètement un tableau de très grande valeur que je compte te léguer à ta majorité.

«Mais les circonstances se sont aggravées. J'ai craint le pillage... le vol du tableau. Tu sais que j'ai toujours aimé peindre — encore que je ne me fasse aucune illusion sur mon talent. Je savais depuis longtemps qu'il n'est pas rare — je connais au moins trois exemples — que l'on retrouve, sous un tableau de peu de valeur, un tableau de maître ignoré et qu'un artiste stupide a utilisé comme toile pour peindre dessus. J'ai recherché des revues, j'ai étudié des articles et j'ai su ce qu'il fallait que je fasse. Il suffisait que j'enduise le Rembrandt — car c'est un Rembrandt que j'avais acheté —, que je peigne sur cet enduit pour dissimuler à la curiosité d'amateurs sans scrupules le chef-d'œuvre que je te destine. Ne sois donc pas surprise de te voir léguer, par mon testament, cinq tableaux que j'ai peints exprès. Ils symbolisent en quelque sorte mon secret. Tu es l'enfant qui joue et qui reçoit enfin sa récompense. La tienne, ma chère petite, se trouve sous le cinquième de mes tableaux, celui de la récompense. Tu n'auras qu'à confier le tableau à un atelier spécialisé pour faire restaurer le Rembrandt. J'avais déposé, chez mon notaire, une lettre qu'il devra te remettre le jour de ta majorité et dans laquelle je t'explique tout cela. Mais je crains, maintenant, que le peu de valeur apparente des tableaux ne t'incite pas à en prendre grand soin. C'est pourquoi, ne me sentant pas très forte, je préfère t'avertir directement, pour ne te faire courir aucun risque.»

La comtesse faisait part, ensuite, des soucis que lui donnait sa santé et de l'espoir qu'elle conservait quand même de revoir sa « chère petite Henriette » avant qu'il ne soit trop tard.

« Le vœu de cette pauvre femme n'a pas été exaucé, soupira le brigadier, ému par la lecture qu'il venait de faire.

— En effet, monsieur le brigadier, confirma doucement Henriette. Ma pauvre tante n'était plus de ce monde lorsque je suis revenue de Longevères. »

Le brigadier toussota pour s'éclaircir la voix et, désireux de chasser l'attendrissement qui l'avait gagné, il s'écria d'un ton sarcastique, en se tournant vers Bertin :

« Et maintenant, mon gaillard, il va falloir me fournir les quelques explications qui me manquent ! »

Épilogue

Au grand étonnement de tous, Bertin ne fit aucune difficulté pour obtempérer à l'injonction du brigadier.

«Je n'ai plus rien à perdre, maintenant, dit-il. Et je souhaite abréger cette scène... pénible!»

Il raconta comment, en emportant un jour le courrier de la conciergerie au château, son attention avait été attirée par une lettre en retour, placée dans une enveloppe spéciale des P. et T., à cause de l'adresse. Elle portait en effet le nom de la comtesse Hortense de Malivert...

Intrigué, il l'avait ouverte pour trouver à l'intérieur une enveloppe défraîchie qui, elle, était adressée à Mlle Henriette de Malivert, à Longevères.

«La curiosité m'a poussé, avoua le chauffeur. J'ai ouvert cette lettre et j'ai appris ainsi le secret du cinquième tableau. J'avais été bien des fois dans la chambre de Mlle Henriette pour quelque menue réparation dont Mme Thérais me chargeait parfois et je connaissais bien les tableaux. Je résolus de m'emparer de cette toile dont personne ne soupçonnait la valeur.»

Profitant de l'estime de Manise, il avait pu aisément fabriquer une clef ouvrant la porte d'entrée de la Maison des Jardiniers. Il avait appris le dessein des garçons de photographier les biches en entendant la conversation que Richard avait eue avec eux à ce sujet. Sachant fort bien qu'Henriette sortait tous les soirs, il n'avait eu aucune difficulté à établir son plan d'action.

— Voilà, dit Bertin, j'espérais passer à l'étranger avec le tableau et trouver un amateur qui me l'aurait acheté.

— C'était là un projet bien présomptueux, mon pauvre Bertin, conclut le comte. Personne n'aurait consenti à vous acheter une toile de cette valeur. Du moins sans en connaître l'origine!

— Mais... intervint Michel, il faudrait peut-être aussi que Bertin nous explique ce qui s'est passé, le soir où le père Péronnet a été si bien assommé et ce pauvre Pyrrhus aussi!»

A cette question, Marcel et Victor esquissèrent un mouvement de surprise.

«Mais, dit l'aîné, il nous a dit que c'était vous... qui...

— Allons, Bertin, un bon mouvement!» demanda Michel.

Bertin regarda les fils du garde, hésita, puis avoua :

«Hélas! oui... mais je ne pouvais pas faire autrement... tout mon plan, si bien échafaudé, aurait été par terre, si je n'avais pas empêché Péronnet de me voir sortir de la maison.»

Marcel parut atterré et furieux. Il demanda :

« Mais pourquoi papa a-t-il affirmé que c'était bien les deux... messieurs qui l'avaient attaqué ? »

Bertin haussa les épaules, d'un geste de lassitude.

— Je l'ai accompagné chez vous... rappelez-vous... et je lui ai soufflé cela, lorsqu'il est revenu à lui. Il l'a cru... »

Marcel, l'aîné des fils Péronnet, serra les poings.

« Vous avez de la chance, Bertin, d'être ligoté et sans défense ! »

Puis, se tournant vers Michel et Daniel, Marcel ajouta :

— Je vous dois des excuses, messieurs. Mais cet homme nous avait persuadés que c'était vous les coupables de l'agression contre papa ! C'est comme pour le coup de téléphone, au sujet de cette lettre. Il a affirmé que c'était encore un de vos tours, que vous ne saviez pas quoi inventer pour nous ennuyer, et qu'il vous fallait une bonne leçon... Je regrette, vraiment... et mon frère aussi. Pas vrai, Victor ?

— Et comment !

— Voilà ce qu'on gagne à vouloir se faire justice soi-même ! grommela le brigadier. Mais au fait... de quoi parlez-vous donc ? »

Il fallut expliquer au gendarme les démêlés de Michel et Daniel avec les fils du garde.

« Oh ! oh ! séquestration, violences ! Si ces jeunes messieurs portent plainte... ça va chercher loin, affirma le brigadier.

— Nous ne portons pas plainte, affirma Michel. Puisqu'ils n'ont agi qu'à l'instigation de Bertin. »

Marcel s'avança vers Michel et lui serra énergiquement la main.

« Eh bé, conclut le brigadier, j'aime autant ça !

Péronnet est un brave bougre qui ne méritait pas ça.

— Je vous remercie en son nom, ajouta le comte. Mais cette fois, je pense qu'il m'est loisible de prendre congé ?

— Nous allons tous nous retirer, déclara le brigadier. Nous en savons assez pour ce soir. Nous allons emmener votre chauffeur, monsieur Richard. Il va sans doute vous manquer ? »

Richard ne répondit pas. Il avait rejoint Henriette dans un coin de la pièce, et il poursuivait avec elle une discussion animée.

Les gendarmes remplacèrent les liens de Bertin par une solide paire de menottes et l'entraînèrent avec eux.

Le comte, lui, ne savait quelle contenance prendre. Marcel et Victor serrèrent encore une fois la main de Michel et de Daniel avant de partir à leur tour.

« Sans rancune, hein ? demanda Marcel.

— Sans rancune », répondirent les cousins.

Restés seuls avec le comte Hubert, ils se dirigèrent vers la salle de séjour en emportant avec eux le tableau. Après un instant d'hésitation, le comte les suivit.

« En somme, dit-il, si vous n'aviez pas enfreint ma défense, et si vous n'aviez pas été jusqu'au pavillon de chasse, Bertin aurait fort bien pu réussir son coup... »

Un peu étonnés par cet exorde, les garçons attendirent la suite.

« Eh bien, dit le comte, j'aimerais assez posséder une photographie des biches en train de boire... Il faudra que nous arrangions un affût ensemble...

— Bien volontiers, monsieur le comte, répondit Michel.

— D'autant plus que j'ai bien l'impression qu'il

n'existera bientôt aucune raison pour que mes rapports de bon voisinage avec Mme Thérais, votre grand-mère, ne se... disons... normalisent pas... »

Et, avec un sourire inhabituel, le comte accompagna cette affirmation d'un regard entendu, en direction de la cuisine.

— D'ailleurs, je vais me retirer. Mon fils est assez "grand" pour retrouver seul le chemin de la maison... Bonsoir, mes amis... »

Les garçons firent escorte au comte jusqu'à la porte de communication.

« Eh bien, j'espère que, dorénavant, cette porte restera ouverte », conclut le gentilhomme, en s'enfonçant dans la nuit.

*
* *

Quelques jours ont passé. C'est la nuit tombée... une nuit sans lune...

Marcel et Victor, en compagnie de leur père, bien remis maintenant de son... « accident », sont dissimulés dans la forêt, pour signaler, à ceux qui se trouvent à l'affût dans le pavillon de chasse, l'arrivée des biches, si celles-ci veulent bien venir boire à l'étang du Rond-Royal.

« Par le sang bleu! chuchote une ombre, jamais je ne suis resté aussi longtemps à l'affût sans voir l'ombre d'une plume ou d'un poil! Vous avez plus de patience que moi, jeunes gens! »

Daniel sourit, dans le noir. Il heurte du coude son cousin Michel, que le revirement du comte Hubert et sa soudaine sympathie amusent aussi. Cela fait déjà trois soirées qu'ils passent, *en vain*, dans le pavillon de chasse à attendre la bonne volonté... ou plutôt la soif des biches.

Le comte a mis à exécution son projet. Il tient à

avoir sa «photographie», comme il le répète.

Manise est rentrée de Longevères. Elle a certainement éprouvé une surprise plus grande à s'être trompée aussi complètement sur le compte de Bertin, que d'apprendre l'existence du Rembrandt. Seules, l'atmosphère un peu humide des bords de l'étang, l'heure tardive aussi, l'empêchent d'être de la fête. Mais depuis que le comte est venu lui demander la main d'Henriette pour son fils, Manise est trop heureuse pour garder un mauvais souvenir de l'aventure.

On entend tout à coup grincer une lame de parquet à l'étage.

«Par le sang bleu! chuchote le comte, les fiancés vont effrayer les biches!»

Tout à coup, un signal lumineux s'allume furtivement dans un arbre lointain.

«Par le sang bleu! s'exclame le comte. Une biche! Enfin! Préparez-vous, Michel.

— Je suis prêt, monsieur le comte!»

On attend, en retenant son souffle, l'apparition de la gracieuse bête.

Elle arrive, elle est là, sur la rive, ombre imprécise, hésitante, qui finit par s'approcher de l'eau, qu'elle frôle de son museau.

Michel vise, appuie sur le déclencheur...

«L'ampoule... j'ai oublié de changer l'ampoule du flash!» murmure-t-il.

Fébrilement, il cherche la boîte qu'il a — encore! — posée sur l'appui de la fenêtre. On entend en même temps le «floc» que fait la boîte d'ampoules... qui tombe dans l'étang et l'exclamation désolée et furieuse poussée par Michel, que l'obscurité rend maladroit.

La biche a disparu d'un bond léger...

On entend des pas, à l'étage.

Daniel agrippe le bras de Michel :

« Ecoute, chuchote-t-il, Monsieur X, comme le premier soir !

— On file ? » proposa Michel, entrant dans le jeu.

Mais le comte intervint.

« Eh bien, mes amis, j'espère que demain soir nous serons plus heureux ! »

Plus heureux ? On ne peut guère l'être davantage que ne le sont Daniel et Michel qui se préparent pour une autre aventure : ils seront les garçons d'honneur, au mariage d'Henriette et de Richard.

Mais ceci, bien sûr, est une autre histoire !

TAPEZ

36.14 HJ

HACHETTE
Jeunesse

SUR MINITEL

Retrouvez tout le catalogue
Hachette Jeunesse
Résumés, recherche par auteur,
par titre, par thème,
par niveau scolaire.
Fiches pédagogiques.
Les Nouveautés
Dialogue avec l'éditeur

IMPRIMÉ EN FRANCE PAR BRODARD ET TAUPIN
Usine de la Flèche, 72200.
Loi n° 49-956 du 16 juillet 1949 sur les publications destinées à la jeunesse.
Dépôt : janvier 1990.